사랑과 결혼 사이

결혼 시켜주는 남자 **이웅진** 에세이

딸Book

차례

2. 재혼, 다시 행복해지렵니다

3. 이런 결혼 저런 결혼, 별의별 결혼 · 결혼 · 결혼

4. 남녀노소 각양각색 '싱글별곡'

들어가며…

1991년 당시 스물여섯 청년 이웅진은 '선우이벤트' 간판을 달고 출발했다. 요즘은 '주식회사 선우'다.

20대 초반 첫 사업은 화장지 장사였다.

그러다가 도서 대여업을 벌였다. 결과는 실패였다. 빚에 쫓기다 중매업을 떠올렸다. 배달된 책을 읽는 회원들을 관리하면서 얻은 노하우를 밑천으로 선우를 탄생시켰다. 그런데 주머니에는 1만 원뿐이었다.

학창시절 선생님이 원장인 학원으로 찾아갔다.

좁은 교실 하나, 전화 한 대를 빌려 일을 시작했다. 폰팅업자라는 오해를 수도 없이 받았다. 불건전 뚜쟁이 노릇을 요구하는, 신분도 불분명한 남자가 수두룩했다. 당장의 현금 유혹을 모질게 외면했다. 전단을 돌리고 스티커를 붙였다. 끼니는 예식장에서 해결했다. 하객을 가장해 도둑밥을 먹었다.

1대 1 미팅 주선에 자신이 붙자 단체미팅으로 눈을 돌렸다.

영·호남 미혼남녀 미팅, 농촌총각과 도시처녀의 만남, 월드컵 축구 응원미팅 등 미디어가 주목할 만한 행사를 내놓았다.

선우는 하루가 다르게 성장했다. 회원 수가 1,000단위에 이르렀다. 중매에 필요한 인력도 고객증가에 정비례했다. 1995년부터 컴퓨터에 매달린 이유다. 이렇게 탄생한 선우의 매칭시스템은 학력과 직업 등 사회경제적지수, 키와 몸매 등 신체매력지수, 부모의 직업과 재산 등 가정환경지수까지 맞춘다.

서로에게 최적의 짝을 뽑아낸다.

숱한 시행착오를 거쳐 완제품이 나오기까지 13년 동안 이래저래 100억 원이 들었다. 10만 명 동시매칭이라는 어마어마한 프로세스는 거저 이뤄진 것이 아니다. 결혼상담업으로는 기대난망인 정보통신연구소 인가, 벤처기업 지정, 이노비즈기업 인증까지 받아 냈다.

소문은 해외로 퍼졌다.

저출산 국가인 싱가포르 정부가 나를 초청, 중매비결을 배우기에 이르렀다.

나의 30년, 선우의 30년, 이는 곧 대한민국 결혼정보회사의 30년이다.

한국 찍고 세계로!

글로벌로 눈길을 돌린 나 이웅진, '결혼 시켜주는 남자'가 결혼성사의 모든 것을 이 책에 털어놓았다.

10만 명 이상을 만나 그중 3만 명 이상을 결혼시킨 비결을.

2022년 초여름 이웅진

결혼문화,
천지 개벽 수준으로
달라졌다

결혼한 딸이 쓰던 방, 부모가 치우지 않는 이유

얼마 전 자녀를 결혼시킨 지인이 결혼식에 와 준 감사의 뜻으로 점심을 대접했다.

"따님 방 치우면서 울지 않으셨어요?"

"뭐, 치울 필요 있겠어요. 그 방을 다른 용도로 쓸 것도 아니고, 애들 오면 쓸 방도 필요하고요. 들어 보니 요즘 결혼한 자식들 방을 그대로 두는 집이 많대요."

나도 그런 말을 들은 적이 있다. 요즘 하도 이혼이 많아서 부모들은 만약을 대비해서 1~2년 정도는 자식들이 쓰던 방을 그대로 놔둔다는 것이다. 자식이 결혼해서 잘사는 걸 바라는 것이 부모 마음이지만, 이혼 세태에 이제 부모들은 이런 것까지도 염두에 두는구나, 싶어서 씁쓸하기도 했다.

실제로 이런 부모를 알고 있다.

50대 중반의 이 여성은 3년 전에 딸을 결혼시켰다. 당시 딸은 대학을 갓 졸업한 후라서 부모는 결혼을 말리는 것이 아니라 천천히 생각해 보자고 딸을 설득했다고 한다. 하지만 서로 죽고 못 사는 딸 커플 앞에 결국 두 손을 들 수밖에 없었다. 그나마 사위가 잘사는 집 아들이라 먹고 사는 걱정은 없다는 게 다행이었다. 그런데 딸 부부는 결혼한 지 몇 달도 안 돼 삐걱거리기 시작했다.

변변한 직업 없이 3년째 구직 중이던 사위는 인터넷 도박에 빠져 갖고 있던 돈을 다 탕진한 것도 모자라 빚까지 지게 된 것이다. 울고불고하면서 친정에 온 딸은 이대로 헤어지면 너무 억울하다, 한번 더 기회를 줘 보겠다며 집으로 돌아갔다. 부모로서도 사위가 마음에 안 들었지만, 살아 보겠다는 딸을 말릴 수는 없었다고 한다. 하지만 아닌 것은 아닌 것이었던 모양이다. 사위는 도박벽을 버리지 못했고, 딸 부부는 결혼할 때 시댁에서 마련해 준 중형 아파트를 팔아 전세로 갔다가 계속 돈에 쪼들리자 월세로 옮겼다고 한다. 그러다가 결국 딸은 가방 하나 들고 아예 친정으로 돌아왔다. 결혼 1년 6개월 만이었다.

"애가 돌아올 걸 짐작한 건지, 그 방 정리를 못하겠더라고요. 괜히 이런 생각한 것 땜에 부정 탄 건 아닌지 싶기도 하고."

"인연이 아닌 걸 부모가 어쩌겠어요. 요즘이야 가족이 단출해서 자녀들이 결혼해도 방이 남아 돌아 굳이 치우고 말고 안 하잖아요. 그리고 결혼해도 계속 드나들면서 방을 쓰기도 하고요."

"자식이 이혼하는 거 반기는 부모가 어딨겠어요. 근데요, 걔 걱정할 때마다 쓰던 방에 들어가면 차라리 다 정리하고 와서 같이 사는 게 낫겠다, 이러다 심장병 걸려 죽겠다, 싶을 때 주인 없는 방에 혼자 들어가 울면 속이 다 시원해지더라고요. 이제는 그럴 일 없겠지만요."

어머니는 딸의 이혼이 처음에는 너무 마음이 아팠지만, 이제는 딸이 더 이상 울지 않고, 자기 방에서 편안하고, 안정적으로 생활하는 걸 보게 되어 안도한다고 했다. 그러면서 많은 감정을 담은 목소리로 말했다.

"방을 그대로 놔둔 보람이 있다고 하면 속 없는 사람이라는 말 들을까요? 딸애도 친정에 자기 방이 없었으면 마음 편히 돌아오지 못했을 거예요."

통계청이 발표한 **'2021 혼인·이혼 통계'**에 따르면 지난해 혼인건수는 19만 3천 건이었고, 이혼건수는 10만 2천 건이었다. 그러니까 부부 두 쌍이 결혼할 때 한 쌍이 이혼할 정도로 이혼이 많다.

요즘 부모들은 결혼해서 떠난 자식의 빈 방을 정리하며 쓸쓸해하는 게 아니라 자식이 혹시라도 돌아오면 편히 있게 하려고 그 방을 그대로 둔다. 이런 게 이혼 많이 하는 시대를 사는 부모의 모습이고, 마음이 아닐까 싶다.

한국의 아버지들,
자녀의 결혼에 올인하는 중

30대 중반 딸을 둔 아버지를 만났다. 딸 결혼 걱정에 어젯밤에도 잠을 못 잤다고 했다. 요즘 이런 아버지들이 많아졌다. 결혼연령이 늦어진 탓도 있지만, 이전 세대와는 달리 요즘 아버지들은 자녀 결혼에 적극적으로 나서고 있기 때문이다.

30대 후반의 딸을 둔 어머니는 10여 년째 만남 현장에 나서고 있다. 딸의 배우자를 고르고 고르다가 시간이 많이 흐른 것이다. 남녀 만남은 처음 몇 번은 신중하고 최선을 다하지만, 일정 횟수가 지나면 함정에 빠지는 경우가 있다. 많이 만날수록 선택이 어려워지기 때문이다. 딸은 나이가 들어 가는데, 어머니는 그것을 인정하지 않았다. 이때 구원투수가 등장했다. 아버지였다. 어머니의 기에 눌려 있던 딸은 아버지와 의논해서 현실적이고 구체적으로 기준을 정했고, 그 얼마 후 교제를 시작했다.

지금까지 아버지의 역할은 가정생활의 큰 틀을 정하고, 경제적 부양에 전념하는 것이었다. 자녀들의 결혼문제는 자연히 어머니 관할이 됐다. 그러다가 자녀수가 줄면서 부모들은 이전보다 자녀들에게 더 많은 관심을 기울이게 됐고, 지켜보기만 하던 아버지들도 자녀 결혼을 위해 움직이기 시작했다. 한국의 부흥을 이끌던 많은 아버지들이 그 열정과 에너지를 이제 자녀들에게 쏟고 있다. 이렇게 부모의 관심과 지원, 사랑을 받는 세대는 그 이전 어느 시대에도 없었다. 이 시대 젊은이들은 축복받은 사람들이다.

아버지의 등장은 자녀 결혼의 측면에서 고무적인 현상이라는 생각이 든다. 아버지는 사회경험이 많기 때문에 사람을 보는 안목이 있다. 또, 같은 남자 입장에서 딸과 어머니가 생각하지 못한 부분을 볼 수 있기 때문에 신중한 선택에 도움이 되기도 한다.

내 지인은 얼마 전 딸의 남자친구와 술을 마셨다. 술버릇을 보겠다고 말술을 먹였는데, 그는 술에 취하면 잠이 드는 스타일이었다.

"테스트에 통과한 거야?"

"나는 그런데, 아내는 그 친구가 너무 평범하다고 좋아하질 않아."

"네가 보기엔 어떤데?"

"성실하고, 건강하면 됐지. 서로 많이 좋아하기도 하고. 내가 설득을 해야지."

우리 사회에서 시어머니와 며느리는 아직도 어려운 사이지만, 장인과 사위는 친구처럼 지낼 수 있다. 사위 입장에서 장인이 자신에게 우호적이면 처가와 좋게 지낼 수 있고, 이런 부분이 부부관계에도 영향을 준다.

분명한 것은 아버지가 관심을 갖는 자녀들은 결혼 성공률이 더 높고, 결혼해서 잘 산다는 것이다. 데이터화되지는 않았지만, 오랜 현장경험에서 얻은 결론이다.

열쇠 세 개 배우자?
더 이상 없다

잘 키워 성공한 자녀 얘기를 하는 부모님은 참 행복해 보인다. 전문직, 소위 '사'자 자녀를 둔 부모님들도 많이 만난다.

'사'자 신랑감 만나려면 열쇠 세 개를 혼수로 가져간다는 시절이 있었다. 7~80년대에 성행하다가 90년대에 조금씩 수그러들더니 21세기에 들어와서는 거의 사라졌다. 그때만 해도 여성은 대부분 결혼하면 전업주부로 살았기 때문에 남편의 직업이 중요했고, 그래서 재력이 있는 집안에서는 집, 자동차, 개인사무실을 마련해서 '사'자 사윗감을 맞이하는 경우가 많았다. 지금은 자녀수가 적어 한 명 한 명을 공들여 키우고, 교육을 잘 시켜서 직업적으로 성공하는 경우가 많다. '사'자 신랑감만큼 '사'자 신부감도 많아진 것이다. 그러다 보니 '내 자식도 잘났는데, 비싼 혼수를 줘 가면서 결혼을 시키지는 않는다.'라는 생각이 일반화됐다. 한 시대의 결혼문화가 완전히 바뀐 것이다.

얼마 전 지인이 흥분한 목소리로 전화를 했다.

"요즘도 이런 인간들이 있는지 몰랐네요."

"무슨 일인데요?"

"딸이 사귀는 남자 부모와 상견례를 했는데, 엄마라는 사람이 혼수 목록을 읊더라고요. 열쇠 세 개는 저리 가라였어요."

지인의 딸은 대학 전임강사로 전공분야에서 능력을 인정받는 재원이다. 두 살 많은 남자친구는 변호사인데, 그 어머니가 아들에 대한 자부심이 크다 보니 아마 상견례 자리에서 목소리를 높였던 모양이다.

"그래서 어떻게 했어요?"

"당신 아들한테 그렇게 해 주면 내 딸한테도 해 줄 거냐고 물었죠."

"남자 어머니가 놀랐겠네요?"

"입이 딱 벌어져서 말을 못하더라고요, 얼마나 통쾌했는지."

결국 남자 어머니는 본전도 못찾고 열쇠 세 개 맞먹는 혼수 얘기는 없던 일이 됐다고 한다. 세상이 변했는데도 아직도 옛날 생각을 하는 사람들이 있기는 하다. 한 어머니는 의사 아들을 결혼정보회사에 가입시키면서 회비 얘기를 하니까 "잘난 아들을 돈 주고 모셔가지는 못할망정 어떻게 회비를 내라고 하냐?"라며 도리어 화를 내기도 했다. 이런 부모보다는 자녀들이 좋아하는 상대라면 직업에 관계없이 지원하는 부모들이 더 많다.

재산이 아무리 많아도 자식이 결혼해서 살아가는 과정을 보며 단계적으로 지원을 하지 덜컥 열쇠 세 개를 쥐여 주지는 않는다. 자녀가 좋아할 수 있는 상대를 찾고, 결혼생활을 건강하게 할 수 있게 격려하는 것이 자녀 행복에 도움이 된다는 것을 이 시대 부모들은 잘 알고 있다.

드디어…
초혼과 재혼 경계가 없어지고 있다

현장에 있으면 여러가지 세상 변화를 보게 된다. 한국형 결혼문화의 변화가 혁명적으로 진행되고 있다. 특히 배우자 선택문화 중 하나인 초혼과 재혼의 개념이 조금씩 모호해지고 있다. 초혼은 말 그대로 결혼을 한 번도 안 한 남녀, 재혼은 결혼을 한 번이라도 했던 남녀를 말한다. 그런데 이 초혼과 재혼의 구분이 전 세계를 보면 한국만 유별나게 두드러진다. 서양은 물론 중국, 일본도 그렇지 않은데 말이다.

글로벌 서비스에서 번역을 의뢰하면 가장 이해를 못하는 부분이 초혼과 재혼이다. 물론 재혼은 'remarry'라는 단어가 있지만, 그들의 궁금증은 "서로 좋으면 초혼이건 재혼이건 만나면 되지, 왜 초혼과 재혼을 구분해서 그 안에서 만나게 하느냐?"라는 것이다. 10여년 전 글로벌 서비스를 처음 시작했을 때는 내 안목이 좁다 보니 그런 질문을 이해하지 못했다.

초혼과 재혼을 강력하게 구분하는 분야가 결혼정보회사(결정사)이다. 결정사는 보수적인 만남을 주선할 수밖에 없다. 남녀들이 바라는 최대공약수가 집약된 만남을 제시함으로써 그 시대의 결혼문화를 반영해 왔다. 20년 전만 해도 초혼끼리, 또 재혼끼리 만나는 것이 절대적이었다. 혹시라도 재혼남녀에게 초혼이성을 소개하면 난리가 났다.

오래전 일이다. 30대 초혼 여성이 있었다. 본인의 커리어도 좋았지만, 그보다 더 높은 기준으로 남성을 찾다 보니 매번 만남 결과가 좋지 않은 상태로 1년이 넘어갔다. 당시만 해도 여성 나이가 30대가 넘어가면 만남 기회가 많지 않았다. 공교롭게도 그 시기에 결혼 기간 1년도 안 돼 자녀 없이 헤어진 남성이 있었다. 이혼 경력만 빼면 여성이 원하는 이성상과 거의 일치했다. 그래서 그 여성에게 조심스럽게 그 남성을 추천했다. 그랬더니 그녀는 내 얘기가 채 끝나기도 전에 벌떡 일어서면서 "저한테 지금 이혼남 만나라고 하시는 거예요? 내가 그런 남자 만나려고 여기서 이러고 있는 줄 아세요?"하고 항의했다. 결국 그녀는 탈퇴했다. 그리고 수년이 흘러 낯익은 여성이 상담신청을 했다. 몇 마디 나누다 보니 그때 그 여성이었다. 다른 결정사에서 만남을 갖다가 결국 다시 나를 찾아온 것이다. 그녀는 "그때 대표님 말씀을 들을 걸 그랬어요. 몇 달도 안 지나서 후회가 되더라고요."라며 씁쓸한 표정을 지었다. 그녀는 시간을 너무 많이 소진했다. 만남 기회는 더 줄어들었고, 그 상황에서 최선의 선택을 해서 결혼을 했다. 결혼 상대는 몇 년 전 내가 추천했던 남성보다는 훨씬 상황이 안 좋았다. '이게 인연이지.'하면서도 안타까운 마음이 들었다.

시간이 많이 흘러 결혼 현장에서 비슷한 일들이 벌어지는데, 예전과는 사뭇 다르다는 것을 느낀다. 정말 어울리는 남녀가 있으면 자녀 유무, 결혼 기간 등을 고려해서 초혼과 재혼의 만남을 추천하는데, 그럴 때 약간의 클레임은 있어도 과거와 같은 격렬한 반응은 아니다. 그리고 추천을 기꺼이 받아들이거나 고려하는 사람들도 있다. 최근에는 남녀들이 직접 마음에 드는 상대를 찾는 서비스에서 재혼 남녀가 초혼 이성에게 만남 신청을 해서 성사되거나 반대로 초혼 남녀가 재혼 이성에게 먼저 프로포즈하는 일도 적지 않다. 이혼이 급증하고, 한국 가정의 30%이상은 결혼 유경험자들이 있는 상황에서 싱글 남녀들의 생각과 기준도 달라지고 있는 것이다. 이런 추세라면 동시대는 아니지만, 1~20년 후에는 한국에서도 배우자 만남에서 초혼, 재혼의미가 없어질 것으로 보인다. 상대가 좋다면, 느낌이 통한다면 한 번 결혼했던 것은 중요하지 않게 받아들이는 시대가 가까워지고 있다.

결혼과 정치성향

'**적폐**'란 말을 많이 들어 봤을 것이다. 오랫동안 쌓이고 쌓였다는 의미의 '적폐'는 결혼문화에도 있다. 과다혼수, 남성이 결혼비용을 많이 부담하는 것도 적폐 중 하나다.

30년 전 결혼 문화에서 가장 큰 적폐는 지역 문제였다.

"○○지역 출신은 절대 안 됩니다."

"자녀들은 다 서울에서 태어나 자랐는데요. 아버지만 그 지역 분이고요."

"아버지가 태어난 곳이 자식들 고향이죠. 그게 그겁니다."

이런 식의 논리로 특정 지역을 기피하거나 반대로 선호하는 경향이 굉장히 심했던 시절이 있었다.

세월이 지나고 보니 이런 문제는 거의 사라졌다. 사회발전, 인식개선, 실용적인 가치관 등으로 자연스럽게 해결됐다. 이제 남녀들이 지역적으로 고려하는 것은 서로 가까운 곳에 거주하느냐는 것이다. 그런데 요즘 보면 새로운 적폐가 시작되는 분위기가 느껴진다. 남녀 만남 현장에 있다 보면 세상 변화를 남들보다 빨리 감지하는 부분이 있다.

며칠 전 일이다.

서로 잘 어울리는 남녀가 있어서 만남 주선을 했고, 본인들도 좋다고 해서 약속 직전까지 갔다. 그러다가 남성이 담당 커플매니저와 통화를 하던 중에 여성의 아버지가 보수와 진보 중 한쪽 진영에 관여하고 있다는 얘기가 나왔다. 그랬더니 남성이 갑자기 여성을 만나지 않겠다고 했다. 여성 본인도 아니고 아버지의 정치성향일 뿐인데 말이다. 예전에는 거의 없던 일이다. 하지만 최근 들어 정치성향이 남녀 만남에 영향을 주고 있다. 실제로 결혼정보회사 선우 부설 한국결혼문화연구소가 남녀회원 666명(남성 415명, 여성 252명)을 대상으로 "호감을 갖고 만나는 이성이 본인과 정반대의 정치성향이라면 만날 것인가?"라고 물었더니 만나지 않겠다고 답한 남녀가 33%였다.

남녀 세 명 중 한 명은 본인과 정치성향이 반대인 이성을 만나지 않겠다고 한 것이다. 요즘 젊은이들은 자기 주관이 뚜렷한 세대이니 정치성향도 그렇다고 할 수도 있다. 하지만 최근의 사회

분위기를 보면 정치인들을 비롯한 부모 세대의 편 가르기, 진영 갈등이 젊은 세대에 영향을 준 측면도 있다.

정치성향을 비롯한 진영 논리가 결혼문화에 개입한다는 것은 이 문제가 사회 전반으로 확대되고 있다는 것을 의미한다. 정치, 경제, 문화 등 모든 분야가 함축돼 있는 것이 결혼이기 때문이다. 선의의 토론, 경쟁 문화가 다음 세상으로 가는 교두보 역할을 해야 하는데, 안 좋은 부분이 부각되어 결혼문화에 영향을 미친 가능성이 높다. 정치이념에 배우자 선택에 선입견을 주는 일이 있다는 것은 결국 부모 세대의 과오로 인해 자녀들이 피해를 입는 불행한 결과라고 할 수 있다.

전세 아닌 월세,
결혼문화도 요동친다

지난 2020년 7월 31일 임대차 3법(주택임대차보호법) 시행 이후 전세의 월세 전환이 가속화됐는데, 채 2년도 안된 2022년 4월 월세 거래가 전세를 추월했다. 2011년 통계 작성 이래 처음 있는 일이란다. 이런 상황이 계속되면 전세가 줄어들어 선진국들처럼 소득의 30%를 주거비로 지불하는 시대가 올 것이라는 전망도 나온다. 경제를 잘 알지 못하지만, 월세 시대 도래가 한국 결혼문화에도 큰 파장을 불러일으킬 것은 분명하다.

우리 시대 결혼은 자식의 결혼비용을 대는 부모의 공이 컸다. 최근 한 결혼 컨설팅업체의 조사를 보니 평균 결혼비용이 2억 8천만 원이라고 한다. “억!” 소리가 두 번 나고도 남는다. 그중 신혼집 자금이 2억 4천만 원으로 전체 결혼비용의 85%가 넘는다.

그런데 2021년 기준 평균 초혼 연령은 남성 33.35세, 여성 31.08세다. 이 연령대에 어떻게 2억 4천만 원이 넘는 집을 마련할 수 있나. 부모의 도움 없이는 거의 불가능하다. 그래서 퇴직금으로 결혼하려고 미리 직장을 그만두거나 집을 담보로 대출을 받아 자녀의 결혼자금을 대는 부모들이 나오는 것이다.

내 지인 중 한 명은 50평대 아파트를 줄여 딸을 결혼시키고, 평수를 줄인 아파트로 담보대출 받아 아들을 결혼시켰다. 이 시대 부모들은 다 그렇다. 그래서 노후 대책이 없는 경우가 많다. 그러나 월세 시대가 오면 상황이 확 달라진다. 부모는 더 이상 자녀에게 결혼비용을 물려줄 수 없는 세상이 된다. 미국을 보면 알 수 있다. 미국은 우리처럼 전세가 없고, 집을 사려면 한꺼번에 돈을 내거나 수십 년에 걸쳐 집값을 나눠서 낸다. 아니면 그냥 월세를 내고 산다. 사업차 1년에 몇 개월씩 미국에서 지내는데, 거기서 일관성 있게 듣는 얘기는 "평생 1억을 못 모은다."라는 것이다. 수입의 상당 부분을 주택 렌트 비용으로 내고, 남은 돈으로 생활을 해야 하니 저축할 여유가 없는 게 당연하다.

미국의 상황이 어찌 보면 우리의 미래다.

돈을 모으지 못하는 시대가 오는 것이다. 이제 그야말로 각개전투, 각자 도생, 즉, 각자 자기 살 길을 찾고 스스로의 삶을 책임져야 한다. 자식은 부모의 노후 보험이 될 수 없고, 부모는 자식의 스폰서가 될 수 없다. 자발적인 비혼 증가로 결혼이 줄어드는데다가 이제 부모의 도움을 받기 어려워지면 결혼은 더욱 줄어들 것이다. 한 해 결혼 건수는 2011년 32만 9천 건을 정점으로 계속 줄어들어 2021년에 19만 3천으로 20만 건 밑으로 떨어졌다. 이러다가 결혼제도의 수명이 더 빨리 단축될는지도 모른다.

한편으로 월세가 일반화되면 결혼은 쉬워질 수 있다. 오늘날 결혼을 가로막는 이유 중 하나는 폭등하다시피 하는 주택자금을 마련하지 못해서다. 그런데 월세가 되면 큰돈이 안 들어가니 결혼 비용 부담이 많이 줄어든다. 이 상황이 결혼 안 하는 사회, 저출산 사회로 가고 있는 우리의 현실에 어떤 영향을 줄지 아직은 잘 모르지만, 가정 안에서 모든 것이 해결되던 시대에서 국가에 많은 부분을 맡겨야 하는 방향으로 가고 있다.

지금은 결혼문화에 있어서 큰 변화의 시기다. 위기이면서 기회다.

결혼제도 수명, 30년도 채 안 남았다

이 시대를 살아가는 사람들은 다이내믹한 변화 속에 과거와 미래를 같이 보고 있다. 이런 변화는 사회, 경제, 문화 등 전 방위적으로 일어나고 있다. 결혼문화에서도 예외는 아니다. 특히 결혼제도는 그 수명을 다하고 있다. 아직 실감하기 어렵지만, 아마 우리는 기존의 전통적인 결혼제도를 보는 마지막 세대일지도 모른다. 결혼식을 하고, 혼인신고를 하고 살 날도 얼마 안 남았다.

얼마 전 지인의 딸에게 남성을 소개한 적이 있다. 그 집안을 잘 아는 터라 딸과 상담할 때 할머니와 어머니가 함께 나왔다. 모녀 3대를 만난 자리에서 나눴던 얘기가 기억에 남는다.

할머니 : 딸과 저는 결혼해서 살아 온 모습이 비슷한데, 손

녀는 참 많이 달라요.

어머니 : 예전에 30년 걸쳐 일어난 일들이 요즘엔 10년 새 달라지는 것 같아요.

딸 : 엄마가 1985년에 결혼했는데, 그때 얘기 들어 보면 아주 오래된 일처럼 느껴져요. 그때는 학교 졸업하고 대부분 바로 결혼을 했다고 들었어요. 저희 엄마도 그랬고요.

어머니 : 그럼그럼, 예전 같으면 너는 완전 노처녀야.

딸 : 엄마, 요즘 노처녀 같은 거 없어. 내가 결혼하는 나이가 결혼적령기야.

어머니 : 나도 모르겠다. 너 살고 싶은 대로 살아야지 뭐….

모녀 3대를 보고 요즘 세상이 얼마나 많이 달라졌는지를 느낀다. 80대인 할머니는 스무 살, 50대 후반인 어머니는 스물셋에 결혼했다고 한다. 하지만 올해 34세인 딸은 아직 결혼 생각이 없다. 1990년 남녀의 평균 결혼연령이 27.8세와 24.8세였는데 2019년에는 33.4세, 30.6세로 한 세대 만에 평균 결혼연령이 남녀 각각 5.6세와 5.8세 늦어졌다.

말은 그렇게 했지만, 할머니와 어머니는 딸의 결혼을 그렇게 서두르거나 걱정하는 눈치는 아니었다. 아마 이 시대의 부모들 대부분이 그렇지 않을까 싶다. 젊은 세대의 결혼관이 결혼을 늦게 하거나 안 하는 쪽으로 바뀌면서 부모 세대도 그 변화를 받아들이고 있는 것이다. 할머니와 어머니 때는 부모의 권유나 강요가 자식들에게 통했고, 결혼하는 게 당연했던 시절이다. 하지만 세상이 워낙 빠르고 크게 변하고 있다 보니, 요즘 부모들은 이전의 방식과 경험을 섣불리 얘기해 줄 수 없게 됐다.

반면, 동거는 점점 자연스러워지고 있다. 가벼운 만남과 헤어짐, 책임감 없는 관계로 치부되던 동거가 이제는 결혼과 동일선상에 놓인 선택지가 됐다. 굳이 복잡한 절차, 값비싼 비용을 치르며 결혼하고 싶지는 않지만, 함께 살고 싶어 하는 남녀가 늘고 있기 때문이다. 절대 가족 수가 줄면서 결혼식 하객도 줄어든다. 스몰웨딩도 등장했고, 코로나19 시대에 언택트 개념으로 온라인 결혼식도 심심찮게 이뤄지고 있다. 그만큼 결혼식이라는 형식에서 자유롭게 됐다. 혼인신고를 하지 않거나 미루는 커플도 많다. 이혼이 흔한 시대, 일단 살아 보고 결정하자는 신중함이다.

언제 갑자기 이렇게 세상이 변했나 싶다가도, 더듬어 보면 컴퓨터를 처음 접한 게 30년도 안 됐는데 이제 컴퓨터 없이는 세상이 안 돌아간다는 것을 깨닫는다. 결혼연령이 늦어지고, 결혼 건수가 줄어들고…. 그렇게 10년, 20년 흐르면서 결혼제도가 퇴색해 가고 있다. 이런 변화를 좋고 나쁨으로 평가할 수는 없다.

시대의 흐름에 수많은 사람들의 선택이 하나의 두드러진 현상이 된 결과를 우리는 지금 목격하고 있다.

100세 시대의 결혼적령기

100세 시대가 우리 사회 기존의 모든 기준과 고정관념에서 벗어나 발상을 전환하고 패러다임을 바꿀 것을 요구하고 있다. 달라진 시각으로 세상을 볼 필요가 있는 것이다. 결혼에서는 '적령기'가 핵심일 수 있다. 결혼연령이 계속 높아지면서 결혼적령기라는 것은 이미 의미가 없어졌다.

60세 환갑이 중요했던 시절이 있다. 1980년대에만 해도 우리나라 사람들의 평균수명은 65.8세였다. 그때는 환갑잔치를 거하게 하는 게 인생의 목표 중 하나였다. 지금 환갑잔치를 한다고 하면 욕을 많이 먹을 것이다. 초고령화 100세 시대에 옛날 60세가 지금 80세 정도라고 생각하면 맞을 것 같다. 이런 개념으로 결혼적령기를 재설정할 필요가 있다.

60세 환갑이 중요했던 시절 결혼적령기는 남자 26~28세, 여성 23세~25세였다. 요즘 결혼적령기는 남성 38세 전후, 여성 34세 정도로 정리하면 오늘날 결혼과 관련한 사회현상이 이해가 되지 않을까 싶다. 통계상 평균 초혼연령은 남자 33.37세, 여자 30.59세라고 하지만 결혼비용을 감당하거나 사회에서 자리 잡는 시기를 고려하면 남녀 각각 38, 34세 정도에 결혼하는 것이 무난하다고 본다.

36세인 남성 A씨는 결혼이 아직 먼 나라 일 같다고 했다.

"부모님은 취직을 하자마자 결혼 얘기를 꺼내시는데, 산 너머 산이라고 취업 문제가 해결되니 이제 결혼 문젠가 싶더라고요. 결혼비용은 어떡하고요? 작은 아파트 전세라도 얻으려면 뼈 빠지게 일해야 하는데."

직장 생활 10년째라는 34세의 여성 B씨는 이왕 늦어진 결혼이니 서두르지 않겠다고 했다.

"결혼비용은 제가 모아 둔 돈을 합쳐서 준비하면 별 문제 없을 것 같아요. 근데 솔직히 저는 34세에 결혼하나 36세에 결혼하나 결혼이 늦어진 건 마찬가지니까 언제까지 결혼한다, 그런 생각을 안 하려고 해요."

남자 38세, 여자 34세정도 되면 일정 수준 경제력이 생기고, 일에 익숙해지면서 마음의 여유와 안정도 갖게 된다. 자연스럽게 결혼 생각이 드는 때가 되는 것이다. 나이가 있으니 불 같이 뜨거운 연애보다는 안정감 있는 남녀관계를 선호하게 된다. 이것은 감정이 메말라서라기보다는 늦은 결혼에 대한 보상심리라는 이유가 더 크다. 최대한 준비하고, 충분히 생각해서 하는 결혼은 대부분 잘 산다. 남자 38세, 여자 34세가 신체적으로는 팔팔한 청춘은 아니지만, 정서적인 면에서는 결혼적령기다.

세간의 시선으로 "결혼이 늦었다" "결혼은 다음 생에"라고 포기하지 말고 자신의 상황에 맞춰, 마음이 움직이면 그때 결혼을 생각해도 늦지 않다. 이 시간, 결혼이 늦었다고 생각하는 남녀들에게 이 말을 꼭 해 주고 싶다.

골드미스 출현,
어느덧 20년

의료 전문직에 종사하는 서른일곱 살 K씨는 피부와 몸매 관리, 취미생활도 열심히 하면서 싱글 라이프를 즐기며 산다. 결혼이 그리 급하지 않은 그녀는 어머니의 간청에 못 이겨 맞선을 보기로 했다. 얼마 전 다섯 살 연상의 사업가를 추천했는데, 만나지 않겠다고 했다. 이유를 물었다.

"나이가 많아서요."

"나이 차가 몇 살 정도여야 하는데요?"

"연하면 좋겠어요. 다섯 살 위면 마흔둘인데, 40대라니요?"

내가 할 말을 생각하는 사이에 그녀는 솔직하게 말했다.

"맞선 보겠다고 와서 황당한 얘기를 한다고 생각하시죠?"

"그런 것보다는 아직 결혼 생각이 없는 것 같아서요."

"솔직히 그래요. 부모님은 나이 생각을 하라고 하시는데, 저는 제 나이가 많다고 생각 안하거든요. 차라리 혼자 살면 살았지, 이렇게 떠밀려서 결혼하고 싶지는 않아요."

단호하고 당당한 그녀의 모습은 영락없는 '골드미스'다. 자기 자신을 삶의 중심에 놓고 주체적으로 살아가고 있기 때문이다. 21세기 한국의 결혼문화를 대표하는 하나의 키워드를 꼽는다면 '골드미스'를 선택할 것이다. 골드미스에 담긴 인식의 변화, 다양한 현상, 시대적 상징성은 큰 의미가 있다. '골드미스'라는 용어는 '하이미스'에서 출발했다고 볼 수 있다. 1999년 동아일보와 선우가 30대 미혼여성 300명을 분석, 30대 미혼 대졸 커리어우먼을 '하이미스'라고 개념화했다. 독립적인 연애관·결혼관, 개성 있는 라이프스타일, 그리고 사회 경력과 경제력을 갖춘 여성들이었다. 지금은 이런 여성들이 일반적이지만, 20년 전만 해도 전통적인 여성상과는 동떨어진, 그야말로 '신인류'였다. 이들로 인해 배우자 선택문화에도 큰 변화가 생겼다. 이전까지는 남편은 직장에 다니고, 아내는 집에서 살림을 하는 구도였다. 하지만 골드미스의 출현으로 결혼 후에도 사회활동을 하는 여성들이 늘었다. 골드미스의 조건은 20년 새 연봉 2,800만 원에서 5,000만 원, 키는 161㎝에서 165㎝로 변했지만 골드미스가 우리 결혼문화에 끼친 영향은 여전히 크다.

긍정적인 측면은 일과 결혼생활에 남녀 구분이 없다는 인식 전환, 그리고 남자가 여자보다 나이, 경제력, 사회적 지위 등이 높아야 한다는 '남고여저'의 배우자 선택방식에 변화를 가져왔다는 것이다. 부정적인 측면도 있다. 저출산, 결혼비용 상승, 이혼 증가 등이다. 골드미스가 이런 현상의 원인제공자라는 것은 아니다. 일례로, 여성이 사회활동을 하면서 출산과 육아를 병행하기는 어렵고 충분한 가사분담이 이뤄지지 않는 이상 출산율은 떨어진다.

골드미스의 출현은 이전부터 진행되던 사회변화의 결과이면서 동시에 새로운 시대의 문을 열었다. 다행인 것은 이런 혼란의 시기를 수업료를 적게 치르면서 무난하게 넘어왔다는 것이다.

이 과정에서 결혼정보회사의 역할도 컸다. 결혼연령이 높아지면서 급격히 늘어난 골드미스들은 전통적인 중매방식으로는 자신의 이성상을 맞추기가 힘들었고, 그래서 이들 중 일부는 결혼정보회사에 진입해 결혼상대를 찾았기 때문이다.

데릴사위,
더 이상 처가살이 아니다

10여 년 전, 1,000억 원대 자산가가 데릴사위를 찾아 화제가 된 적이 있다. 외동딸을 둔 아버지가 사업체와 집안을 이어 나갈 사윗감을 찾는 이 공개구혼에 300명이 넘는 남성들이 지원했다. 특수한 가정환경으로 인해 딸의 결혼상대를 찾는 데 어려움을 겪던 아버지가 공개구혼을 한 것이 "돈이 어떻고"하는 세인들 입에 오르내리면서 당사자들에게 적지 않은 상처를 줬다. 당시만 해도 유교적 결혼 전통이 강해 '처가살이'를 하는 것이 남다르게 보였던 부분도 있었다. 한편으로 이 공개구혼은 달라지는 결혼문화를 예고하는 한 예이기도 했다.

지금도 내게 데릴사위를 찾아 달라고 요청한 부모들이 몇 있다. 데릴사위라고 하면 처가에 들어가 사는 거주의 개념보다는 처가의 가업을 이어받는 경우가 많다. 매출 1,000억 원 대의 사업체를 운영하는 사업가는 외동딸 대신 가업을 이어 줄 사위를 찾고 있다.

"사윗감의 특별한 기준이 있나요?"

"건강하고 똑똑하면 되지요."

"일궈 놓은 것도 많고, 따님도 잘 키웠다고 들었습니다. 사위 욕심도 있으실 텐데…."

"사위도 자식인데, 우리 마음은 정말 그렇거든요. 처가살이 한다는 생각 안 하고 우리를 부모처럼 생각해 주는 그런 사람이면 됩니다."

다음 달 결혼하는 지인의 딸도 내가 중매를 했는데, 딸이 결혼하면 사위는 경영수업을 받은 후 사업체를 물려받을 것이라고 한다. 그분의 딸은 외모·성격·집안은 물론 20만 달러 이상의 연봉을 받는 전문직에다가 자기 소유의 집도 몇채 있는, 그야말로 갖출 것 다 갖춘 여성이다. 딸은 자기 분야에서 일을 잘하고 있으니 대신 사위가 사업체를 이어받았으면 좋겠고, 이왕이면 한국에서 성장한 남성이 캐나다에 와서 살았으면 좋겠다는 여성 쪽 의사를 고려해 성격이 좋고, 영어 소통이 가능해 외국 생활을 잘할 수 있는 남성을 소개했다.

요즘은 한 자녀, 많아야 두 자녀가 보편화돼 아들, 딸 구별이 없다. 유교문화의 영향으로 남성 중심으로 결혼생활이 이뤄진 과거에 비해 이제는 여성의 의사가 많이 반영된 방향으로 바뀌고 있다. 실제로 요즘 젊은 남성들은 굳이 '데릴사위'라는 표현을 쓰지 않더라도 이전 세대보다 처가를 훨씬 가깝게 느끼고 있고, 처부모를 모시고 살거나 처가 가까이 사는 남성들도 많다.

'처부모도 부모'라는 유연한 사고가 확산되고 있는 것이다.

지난 10년의 변화를 보면 앞으로 10년 후에는 이런 현상이 우리 결혼문화의 한 축이 될 것으로 예측된다. 출가외인, 백년손님, 남녀유별적 유교관습에서 비롯된 이런 표현들이 우리 생활에서 점점 사라지고 있다.

신혼집, 친정 근처? 시댁 근처?

얼마 전 결혼한 30대 초반의 동갑내기 부부는 신혼집을 선택하는 문제에 있어서 난처할 수도 있는 상황을 아주 현명하게 해결했다. 양가 부모가 다 서울에 거주하는데 남성은 외아들, 여성은 막내딸이라 두 사람의 부모는 그들 부부가 가까이 살기를 원했다. 요즘엔 여성의 연고지 쪽에 신혼집을 얻는 경우가 많고, 사실 여성도 친정 가까운 곳에서 살고 싶은 생각도 있었다고 한다.

"지금 사는 집은 친정과는 멀잖아요?"

"네, 일부러 그랬어요."

"왜요? 직장생활하고, 나중에 아이가 생기면 친정 가까운 게 좋을 텐데."

“부모님 가까이 있다고 좋은 것만은 아니더라고요.”

우선은 시집 입장에서 아들 부부와 가까이 살고 싶었는데, 며느리 친정 근처로 가면 서운해할 것이고, 남편 입장에서 처부모와 자주 접하는 게 마냥 마음 편한 것만은 아닐 것이라는 생각에서다.

“신랑은 ‘여자가 편한 쪽에서 살아야 한다.’라며 제 선택을 따르겠다고 했는데 저희 언니, 오빠 결혼생활을 보니 불협화음도 있더라고요.”

무뚝뚝한 형부와 활달한 친정 엄마는 자주 부딪혔다고 한다. 또 친정 엄마는 맞벌이하는 언니네 조카 둘을 키우다가 허리, 손목 다 아픈 ‘손주병’에 힘들어했고, 그래서 오빠네 조카는 키우지 못하겠다고 했다가 오빠 부부가 서운해하는 바람에 한동안 서로 껄끄러웠다고 한다.

“그게 다 서로 가까이 살아서 그런 것 같아요. 그래서 저희는 차라리 양쪽 부모님으로부터 떨어져 살기로 한 거죠.”

“절충안을 찾은 거네요, 현명하기도 하고요.”

요즘 젊은 부부들 사이에 이렇게 새로운 변화가 나타나고 있다. 이 부부처럼 양가의 영향권에서 벗어나 독립적인 곳에 신혼집을 마련하는 것이다. 신혼집의 이동은 지난 수십 년의 경험을 통해 부작용을 겪으면서 찾은 나름대로의 해결책이다. 대가족 중심의 사회 구조에서는 결혼하는 데 큰 비용이 들지 않았다. 대개는 남편의 친가에서 결혼생활을 시작했고, 아이들을 많이 낳아도 집안에 어른들이 있어서 큰 걱정 없이 키웠다. 그러다 1980년대 이후 사람들의 가치관이 변하고 여성의 사회활동이 활발해지면서 분가가 일반화됐고, 많은 경우 여성의 연고가 있는 곳에 신혼집을 마련했다. 그렇게 되니 여성 가족의 지원으로 결혼생활은 편해졌는데, 지난 시절 고부갈등과 같은 비슷한 양상의 역고부갈등, 즉 장모와 사위 간의 장서갈등이 빈번해졌다. 게다가 조부모 육아에 대한 피로도가 쌓이면서 젊은 부부들 사이에 자성의 목소리도 높아졌다. 결혼을 해서도 부모의 그늘에서 벗어나지 못했던 것은 대부분 육아 때문인데, 저출산 사회에서 육아 인프라가 구축되면서 예전보다는 아이를 키우기가 수월해진 것도 신혼집 이동의 이유가 된다.

신혼집 이동은 이제 막 시작된 변화지만, 남성이 집을 마련하는 결혼문화가 이제는 여성도 어느 정도 비용을 내는 방향으로 변하고 있듯이, 합리적인 젊은 세대의 새로운 결혼문화로 자리 잡을 것으로 보인다.

소 100마리 키우는 노총각의 반전

최근 한국의 결혼문화에서 두드러진 현상 중 하나는 지방 남성들의 국제결혼이다. 자체 조사한 자료를 보니 대부분의 지방, 흔히 말하는 농어촌의 국제결혼 비율이 상당히 높다. 통계청의 '2021년 인구동향조사'에 따르면 특히 충남, 충북, 전남, 경북 지역은 국제결혼 비율이 높은데, 경북 봉화군은 전체 결혼 건수 중 20.3%가 국제결혼이었다. 결혼 커플 5쌍 중 1쌍이 국제결혼인 것이다. 그 외 경북 영양군 19.6%, 충남 금산군 18.8%, 전남 진도군 18.3% 순으로 국제결혼이 많았다.

우리나라의 국제결혼은 산업화의 결과물이다.

대가족 해체, 아파트 거주 등으로 예전처럼 친척이나 이웃이 중매를 서는 일이 줄어들었고, 여성들의 활발한 사회활동, 농어촌

등 지방 거주 기피 현상, 결혼비용 증가 등으로 지방 남성들이 결혼하기가 점점 어려워지면서 국제결혼이 해결책이 됐다.

나는 국제결혼이 **'양날의 검'**이라고 본다.

많은 비판이 나오고 있지만, 그의 몇십 배, 몇백 배로 심각한 사회문제를 막아 내고 있기 때문이다. 지방 남성들의 결혼 문제는 매우 심각하며, 비판만 하기에는 이들에게 허락된 선택지가 거의 없다.

전라도에 살면서 축산업을 하는 30대 후반 남성이 있었다.

"마지막이라고 생각하고 연락드렸습니다. 여기서 안 되면 국제결혼하려고요."

남성과 얘기를 해 보니 연봉이 1억 원정도 됐다. 꽤 넓은 목축지와 젖소 100여 두가 본인 소유라고 하니, 객관적으로 보면 서울의 웬만한 대기업 직원보다 경제력이 좋았다. 단지 지방에 있다는 이유로 배우자를 만나는 데 어려움이 있었던 것이다.

"현재 사는 집 주거환경이 어떤가요? 화장실, 주방 같은 부분이요."

"몇 년 전 공사를 해서 중간 수준은 됩니다."

"도시에 사는 여성을 만나려면 특히 주거환경이 좋아야 합니다. 세련되고 편안한 구조로 바꾸라고 권하고 싶네요."

"아직 괜찮은데요."

"국제결혼 얘기까지 하면서 그 정도 투자는 아무것도 아니죠. 당장 안 되면 언제까지 어떻게 하겠다는 구체적인 계획을 해 보세요."

그리고 도시 여성이 지방지역, 그것도 목축농가와 같은 전혀 다른 환경에서 살게 될 때 겪는 어려움, 문화생활 등 여성에게 중요한 부분을 얘기했다.

"아, 결혼을 이렇게 세세하게 고려하고 준비하는 줄 몰랐어요. 복잡하네요."

"말이 안 통하는 사람과 살 생각까지 하셨으면서, 그래도 같은 한국인이 낫잖아요."

남성의 확답을 받은 후 30대 초중반 여성회원 2,000여 명에게 남성의 상황을 설명하고, 만남 여부를 묻는 e-메일을 보냈다. 10여 명에게서 연락이 왔다. 없을 것 같은데도 지방 남성과 만날 생각이 있는 여성들이 존재하는 것이다.

심각한 저출산,
정작 당사자들에게는 남의 일

우리나라 합계출산율이 끝도 없이 추락하고 있다. 통계청의 '**2021년 출생·사망통계**'를 보면 지난해 합계출산율은 0.81명으로 전년(0.84명)보다 더 떨어졌다. 여성 1명이 가임 기간 동안 출산하는 자녀수를 뜻하는 합계출산율은 0.98명을 기록한 2018년 0명대로 떨어진 후 올라올 기미는커녕 0명대에서도 계속 하락세다. 합계출산율이 1.3명 미만이면 **초저출산**(Lowest-low fertility)이라고 하는데, 우리나라는 **초초저출산**이라고 해도 부족한 상황이다. 요즘은 딩크족을 비롯해서 결혼해도 자녀를 늦게 낳거나 적게 낳는 경향이 있기는 해도 결혼한 사람 대부분은 출산을 하기 때문에 최근의 결혼을 안 하거나 늦게 하는 현상이 비중있게 다뤄져야 한다고 본다.

며칠 전 우리나라 저출산을 상징하는 얘기를 들었다. 지인과 함께 한 술자리에 지인의 친구가 동석했다. 지인은 결혼을 했는데, 친구 중매를 부탁하려고 자리를 마련한 것이다.

40대 싱글인 그 남성은 금융권에서 팀장급으로 일하면서 높은 연봉을 받는다. 훤칠하니 잘 생겼다. 자신감이 넘치고, 에너지도 느껴졌다. 이런 남성이 결혼을 안 했다고 하니 기가 막힐 정도였다. 술잔을 나누면서 얘기를 나눴다. 현장에서 내가 보고 경험한 회원들의 얘기를 해 줬다.

"언제라도 결혼할 수 있다는 생각을 한다면 그건 오산이다."

"혹시 나이 차이 많은 만남을 원하는 거라면 건강과 경제력에 더 신경을 써야 한다."

"늙은 후에 혼자 사는 것에 대해 구체적으로 생각해 본 적이 있는가?"

"40이 넘으면 한 살 더 먹을 때마다 만남 기회는 반, 그 반의 반으로 줄어든다."

"나이 들어서 결혼 안 한 걸 후회하는 분 많이 봤다. 그때는 이미 늦다."

지인이 화장실을 간 사이에 그 남성은 내게 넌지시 말했다.

"저, 이번 생에 결혼은 힘들 것 같습니다."

자조적인 것도 아니고, 힘들어서도 아니고, 자연스러운 말투였다. 표정도 여유로웠다. 결혼이 힘들다는 말은 어떻게 해도 안 된다는 것이 아니라 자발적인 선택이라는 뉘앙스였다.

순간 '번쩍'하고 떠오르는 생각이 있었다. 생각해 보면 그 남성은 혼자 사는 데 아무런 문제가 없다. 건강하고, 돈도 많이 벌어서 집도 있고, 여유 자금도 있다. 독신을 고집하는 것도 아니고, 그렇다고 굳이 결혼하겠다고 애를 쓰지도 않는다. 결혼을 고민하고, 출산을 고민하는 것은 그런 통계치나 수치를 갖고 정책 입안자들이 하는 고민일 뿐, 정작 당사자들은 심각하게 생각하지 않는다. 결혼을 안 하건, 못하건 간에 그들은 결혼과는 무관하게 현실의 삶에 충실할 뿐이다. 결혼을 꼭 해야 하고, 해야 될 때 해야 하고, 이런 것은 부모들이나 정부 관계자들의 주장이고, 생각인 것이다. 어쩌면 이것이 한국 저출산 문제의 본질이 아닐까 싶다.

지금 우리는 일찍이 경험하지 못한 초유의 상황에 놓여 있다. 이 시대를 사는 사람들은 실험세대다. 그래서 저출산이 국가적 위기상황임에도 효과적인 대처가 어려운 것이다. 결혼과 출산에 대해 당사자들은 경험하지 않은 미래의 일을 미리 생각하지 않는다. 지금까지 저출산 관련 예산을 130조 원 가까이 썼고, 이런 추세라면 몇 년 후 인구가 얼마나 되고, 이런 문제를 본인의 삶과 연결해서 생각하는 사람은 거의 없다.

사업을 시작했던 1990년대 초부터 지금까지 거의 30년 동안 나는 결혼 현장에서 세상의 변화를 지켜봤다. 유교적 결혼문화의 토대에서 남녀가 만나고 결혼을 했던 때도 경험했고, 30년 전 중매했던 20, 30대 사람들이 50, 60대 싱글이 된 모습도 봤다. 그래서 지금 싱글들의 30년 후가 어떨지, 30년 후 결혼의 경향은 어떨지, 미래를 웬만큼은 예측할 수 있다. 싱글들의 생각을 잘 알고, 결혼을 안 했을 때의 후유증을 잘 알기 때문에 지금의 저출산 풍조가 너무도 우려스럽다.

백인 며느리, 타이완 사위

얼마 전 청첩장이 날아왔다. 혼주를 보니 가까운 지인이어서 반가운 마음에 결혼식 날짜와 장소를 확인했지만, 그런 내용이 보이지 않았다.

'미국에서 박사과정을 공부하는 저희 큰아들이 그곳에서 조촐하게 결혼식을 올리게 되어 소식을 전하고자 합니다.'

결혼식이 미국에서 열리다 보니 하객을 초청할 수가 없어서 아들의 결혼식을 알리는 인사로 대신한다는 내용이었다.

고등학교 졸업 후 바로 유학을 간 지인의 아들은 10년 이상을 미국에 있는데, 한국의 부모는 아들 결혼이 늦어질까 봐 나한테도 맞선을 의뢰했었고, 지인들을 통해서도 어울리는 배필을 찾고 있었다. 하지만 아들은 박사과정에서 같이 공부하던 미국 여성과 몇 년째 교제를 했고, 외국인 며느리를 원치 않는 부모의 반대를 무릅쓰고 결혼을 강행했다. 무거운 발걸음으로 미국에 가게 된 부모의 심정이 이해는 되지만, 주변에서 이런 일을 종종 봐 왔던 나로서는 세상이 변하고, 사람들의 생각이 변하고 있음을 느끼게 된다. 요즘 많이 하는 생각은 '다음 세대에도 국가의 개념이 지금과 같을까?'하는 것이다. 오늘날 우리가 개념 짓고 있는 민족, 영토 중심의 국가는 점점 의미가 없어져 가고 있다. 대신 언어를 중심으로 새롭게 재현되고 있다. 지역은 거주지에 지나지 않을 뿐, 사람들을 한데 묶는 것은 언어인 것이다.

지인 중 한 명은 30년 전에 미국인과 결혼해서 1남 1녀를 두었다. 큰아들은 미국에 사는 백인여성과 결혼했고, 둘째인 딸은 대만 남성과 결혼했다. 언어가 통하기 때문에 이런 만남이 가능하다. 이 세상은 의사소통에 거리 개념이 없어진 지 이미 오래다. 인터넷이나 사회관계망서비스 등을 통해 세계 어디와도 소통할 수 있다. 한국에 있는 부모는 저 먼 남미 대륙에 사는 자녀와 마치 가까이 사는 것처럼 안부를 주고받는다. 남녀관계도 마찬가지다. 인종이나 국가가 어딘지를 따지는 시대는 지났다. 지인 가족의 경우, 어머니는 한국인이지만, 자녀들은 자신이 한국인의 혈통이라는 것을 거의 인식하지 못한다. 그들에게 말도 안 통하는 한국보다는 자주 만나고 소통하는 외국인이 더 가까운 것이다.

우리나라는 지난해 국제결혼이 1만 3102건으로 전체 혼인의 약 7%를 차지했다. 100쌍 중 7쌍은 부부가 서로 다른 국적이다. 다 섞이고, 정체성이 바뀌는 세상이 오고 있다. 혼란스러움이 아니라 그것이 새로운 정체성이다. 그리고 새로운 가능성이다. 남녀 관계의 경우, 소통이 되고 감성과 취향이 서로 맞는다면 외국인이라도 호감을 품는다. 요즘 젊은이들의 사랑 방식이다.

서울시가 발표한 '2021년 서울시 성인지통계'에 따르면 서울의 성인 중 **'외국인과 결혼해도 상관없다'**고 생각하는 비율은 남성 74%, 여성 73%였다. 다른 지역도 마찬가지일 것이다.

21세기 결혼의 새로운 조건은 자녀를 갖지 않는 것

얼마 전 있었던 일이다. A는 흔히 말하는 골드미스다. 명문대 졸업, 높은 연봉, 부모님에게서 물려받을 자산도 많다. 외모도 좋다. 요가를 오래해서 균형 잡힌 몸매도 돋보인다. 뭐 하나 빠지지 않는 이 골드미스에게는 좋은 만남의 가능성이 열려 있었다. 그리고 그녀에게 알맞은 능력과 조건, 환경을 갖춘 킹카 B를 소개했다.

두 사람은 첫눈에 서로에게 호감을 느꼈다. 만남 후 느낌을 전하는 남성의 목소리에서 약간의 흥분을 느낄 정도였다.

"제가 미술 감상이 취미거든요, 근데 그분은 그림을 잘 그린다는 거예요. 처음 만났는데도 미술 얘기로 잘 통해선지 무척 편하고 익숙한 느낌이었어요."

여성도 남성의 첫인상이 좋았고, 대화가 통해서 더 좋았다고 했다.

"사실 전공자가 아니면 미술에 관심 있는 남자들 거의 없거든요. 저도 뭐 딱히 그런 취향을 기대했던 것도 아니고요. 소개받으러 나간 자리에서 아무 부담 없이 대화를 나눈 건 거의 처음이었던 것 같아요."

B는 1남 2녀 중 장남으로 중견기업을 운영하는 아버지 사업을 이어받을 예정인데, 훤칠하고 인상 좋은 청년이다. 많은 부분에서 서로 통하고, 서로 맞는 두 사람이었기에 잘되리라 기대가 컸다. 만남이 무르익으면서 결혼 얘기가 오가는 상황에 이르렀다. 그간의 과정을 보면 당연한 결과였다.

그랬는데, 어느 날 느닷없이 남성의 어머니가 전화를 했다.

"사장님, 이 만남 절대 안 됩니다. 다 무효로 해 주세요."

"네? 아니 갑자기 무슨 일로?"

"난 아이 낳을 생각 없는 사람을 절대 며느리로 들일 수 없습니다. 우리 아들 2대 독자예요. 아이를 안 낳다니요?"

너무 어이없고 황당해서 말을 채 잇지 못하는 어머니의 얘기를 정리해 보면, 아들과 결혼 얘기가 오가던 A가 결혼은 해도 아이를 낳을 생각이 없다고 했다는 것이다.

곧바로 여성과 통화를 했다.

"사실 저도 고민 많이 했어요. 좋은 분 소개해 주셨고, 느낌 통하는 분이라 결혼 생각까지 했으니까요."

"그렇다면 다시 한번 생각해 보면 어떨까요?"

"오래전부터 해 온 생각이에요. 서로 좋아하면 이해될 수도 있다고 생각했는데, 그분만의 문제가 아니니까요."

그녀의 생각은 확고했다. 남성에게 양해를 구했다.

"자꾸 뒤돌아보게 되지만, 서로의 생각과 가치관이 다른데, 어떻게 하겠습니까?."

여운이 남는 그의 목소리가 한동안 마음에 남았다. 자식을 낳는 게 당연하고, 자식에게 큰 가치를 두는 사람도 있지만, 이렇게 자신의 삶에서 의미를 찾는 사람도 있다. 특히 출산 당사자인 여성에게서 그런 변화가 두드러지고, 여기에 동조하는 남성들도 늘고 있다.

밤늦게 망설이며 전화하던
그 이혼녀는…….

오늘 연달아 두 건의 이혼상담을 하면서 문득 아주 오래전 일이 생각났다. 회사 초창기인 90년대 초로 기억한다. 퇴근 시간이 훨씬 지난 아홉 시쯤 자리를 정리하던 중에 전화벨이 울렸다. 몇 번이나 "여보세요?"를 해도 상대방은 아무 말이 없었다. 잘못 걸려온 전화인가 싶어 "끊겠습니다."라고 한 후 전화기를 놓으려는데, 망설이는 한 여성의 목소리가 들렸다.

"……라도 되나요?"

"네? 소리가 잘 안 들립니다. 좀 크게 말씀해 주시겠어요?"

"이혼녀라도 되나요?"

순간 상황 파악이 되었다. 이혼한 여성이 재혼 상담 전화를 한 것이다. 늦은 시간에 전화를 건 것만 봐도 그녀가 얼마나 망설였는지 짐작이 갔다.

"물론입니다. 재혼도 도와 드립니다."

"며칠 고민했습니다. 이혼녀는 자격이 없을까 봐서요."

"비슷한 고민을 하는 분들이 많습니다. 직접 뵙고 설명드릴게요."

다음 날 바로 사무실을 찾아온 여성을 만났다. 이혼한 지 7~8년 되었다는 그녀는 많이 지쳐있었다. 인생에 실패했다는 좌절감으로 인해 정상적인 생활이 힘든 상황이었다.

"저랑 비슷한 사람들이 이렇게 많은 줄 몰랐어요. 나만 왜 이렇게 불행한가, 자책하면서 살았는데……"

"본인 잘못이라고 생각하셨으니까요. 혼자 이혼을 하나요? 상대방도 책임이 있는 거죠."

만남을 몇 번 주선했지만, 좋은 인연을 만나지는 못했다. 하지만 그녀는 이곳에 온 것만으로도 자신의 생각이 많이 바뀌었다면서 이전과는 다르게 살 수 있을 것 같다고 했다. 그 후에도 가끔 안부를 전하던 그녀는 2년쯤 지났을 때 재혼 소식을 전해 왔다.

"주변 소개를 받았어요. 예전부터 알고 지낸 사람인데, 저한테 잘해 준다는 건 느끼고 있었지만, 외면했죠. 또 실패하면 어쩌나 싶기도 하고, 내가 정상적으로 살 수 있을까, 자신도 없었고요. 그러다가 사장님 만난 후 제가 좀 달라졌죠."

30년도 안 된 일인데, 정말 옛날 일 같다. 지금과는 이혼에 대한 생각이 참 많이 달랐기 때문이다. 그때는 무엇보다 이혼에 대해 사회적인 공감대가 형성되어 있지 않았다. 이혼했다는 사실만으로도 주변의 시선이 따가웠고, 사회생활에도 불이익이 따랐기 때문에 당사자는 이혼 사실을 숨길 수밖에 없었다. 그러니 재혼하는 것도 힘들었다. 내 돈 내고 결혼정보회사에 가입하면서도 회원으로 받아 준 것을 오히려 고마워했다. 이혼자들을 많이 접하면서 아예 공개적으로 만남 행사를 진행했다.

이혼을 일반화시킨 것이다. 당시 이런 일이 얼마나 금기시되었으면 행사 자체가 큰 뉴스가 되었다. 1990년대 중반의 일이다. 20세기와 21세기의 결혼문화에서 가장 큰 차이 중 하나는 이렇듯 이혼을 바라보는 시각의 차이일 것이다.

최근 한 남성의 이혼 상담을 했는데, 30대 후반인 그는 재혼에 대해 전혀 거리낌이 없었다.

"요즘엔 재혼도 청첩장을 돌리잖아요. 제가 단짝친구들이랑 5총사인데요. 그중에 저를 포함해서 세 명이 이혼을 했어요. 우리들 중에서는 이혼한 사람이 안 한 사람보다 더 많은 거죠."

이혼자들도 이혼한 사실을 애써 숨기지 않는다. 이제 '돌싱'이라는 말은 거의 생활용어가 되었다. 그동안 이혼으로 피해가 더 큰 쪽은 여성이었다. 이혼녀에 대한 부정적인 인식이 강했다. 이런 인식은 2000년대 들어서도 계속되었다.

2000년대 초반, 한 매체를 통해 나는 이런 말을 한 적이 있다.

"이혼 후 사업에 성공한 여성도 많고, 이혼녀들의 삶은 한두 가지 유형으로 정형화시킬 수 없을 정도로 다양하다. 그런데도 드라마상의 이혼녀들에게는 위험 요소들도 가득하며 비굴하고 모욕적인 생활을 강요당하는 듯한 설정이 많다."

하지만 2010년대 이후 상황이 달라졌다. 20여 년 전 밤늦게 망설이며 전화를 걸던 그 이혼녀와는 전혀 다르다. 이혼녀가 총각과 결혼하는 비율이 처녀와 결혼하는 이혼남 비율보다 높아지는 추세다. 심지어 20대 초중반의 이혼녀들도 많다. 이제는 이혼이 많아지는 것을 우려하는 데 그치지 말고, 이혼의 후유증을 최소화하고 사회의 건강성을 찾는 방향으로 이혼에 대한 논의가 진행되어야 한다. 참으로 격세지감이다.

재혼,

다시

행복해지렵니다

반드시 피해야 하는 재혼상대

불완전한 인간이 배우자를 만나는 것은 또 얼마나 불완전한가. 배우자 만남만큼 도박적이면서도 한편으로 확률적인 것이 없다. 지구상 70억 인구 중 남녀가 반반이라고 하면 내 배우자는 35억 명 중 한 명을 선택하는 것이다. 물론 나이, 조건 등을 고려하면 줄어들지만, 그 많은 사람들 중 나와 맞는 상대를 선택하는 일이니 얼마나 복잡하고 어려운 일인가. 이혼도 늘고, 재혼도 늘고 있다. 재혼은 초혼보다 더 어렵다. 이전 결혼의 경험이 만남과 선택을 어렵게 만드는 경우가 많다. 재혼이 힘든 가장 큰 이유가 있다. 재혼을 위한 만남에서 절대 피해야 할 것이기도 한데, 바로 만남 상대를 전 배우자와 비교하는 것이다. 본인은 그 사실을 잘 모르는 경우가 더 많다. 하지만 실제 현장에서 이런 이유로 만남이 잘 안 되는 경우를 많이 봤다.

미모의 여성과 결혼한 남성이 있었다. 여성은 외모 프리미엄을 충분히 누렸다. 결혼 전 남성들로부터 끊임없이 구애를 받으면서 비싼 선물도 많이 받았다. 그래서 받는 것에 익숙해져 있었고, 하고 싶은 것, 사고 싶은 것을 다 해야 직성이 풀렸다. 그래서 남성이 여성과 결혼하기 위해 많은 것을 지불해야 했다. 물론 그만한 경제력이 있었지만, 결혼 3년 만에 남성은 여성의 낭비벽, 사치벽에 두 손 들고 말았다. 그렇게 이혼을 하고 5년 정도 혼자 지내던 남성은 재혼을 결심하게 됐다.

"예쁜 여자는 얼굴값 한다."라고 했던 남성은 어떤 재혼 상대를 원했을까? 놀랍게도 그가 제시한 조건에는 "예뻐야 한다."라는 것이 들어 있었다. 거기에 "알뜰해야 한다."라는 부분이 더해졌다. 이 남성이 눈이 높거나 특이해서가 아니라 대부분의 재혼자들이 그런 경향을 보인다. 전 배우자가 인상이 좋았으면 재혼 상대는 인상이 좋은 것에다가 전 배우자의 단점을 보완하는 이성상이 추가된다. 일종의 보상심리일 수도 있다. 그래서 재혼 중매를 할 때는 이성상을 파악하면서 전 배우자의 프로필도 확인한다.

나이차, 인상, 이혼 사유 등은 재혼 만남의 큰 틀을 짜는 단초가 된다. 헤어지는 커플은 다 그럴 만한 이유가 있고, 쌍방의 책임이 있다. 어느 한쪽이 잘못이 크다고 해도 그 사람을 선택한 원죄가 있다. 결혼생활을 오래했던 사람들도 상대가 나와 맞는지 아닌지를 모를 때가 많다. 결혼을 해 봤다고 해서 그 경험이 재혼할 때 꼭 도움이 되지는 않는다는 것이다. 더구나 남녀관계는 상대적이어서 전 배우자의 단점을 보완한 재혼 상대라고 해서 문제가 없다거나 잘 산다는 보장이 없다.

재혼 상대를 만나기가 어렵다고 느끼는 분들은 초혼보다 더 많은 조건을 따지는 것은 아닌지, '이래야 한다'라거나 '이러지 않아야 한다'라는 등 더 많은 전제를 내거는 것은 아닌지 점검해 볼 필요가 있다.

재혼 킹카의 5대 조건

좋은 배우자는 만나서 좋은 사람인데, 만나서 좋은지를 알 수 없기 때문에 몇 가지 보이는 기준으로 판단한다. 초혼과 재혼은 원하는 배우자 조건도 다르고, 인기 배우자라고 할 수 있는 퀸카, 킹카의 조건도 다르다.

사업에 성공해 상당한 재력을 가진 한 60대 남성이 재혼 상대를 찾고 있는데, 다섯 가지 조건을 내걸었다. 표정이 밝고, 낭비벽이 없고, 최소한 열 살 이상의 나이 차이, 자녀가 없으면 더 좋고, 서로 마음이 맞으면 2년 안에 결혼이 가능해야 한다는 것이었다. 많은 성취를 이뤘으니 재혼에 대한 이상이 높을 수도 있다. 결혼에서 재력이 중요한 조건이기는 하지만, 그게 전부는 아니다. 특히 재혼에서는 고려해야 할 부분이 많고, 싱글과 재혼의 킹카 조건은 다르다. 내가 보기에 이 남성은 재혼 킹카는 아니었다.

재혼 킹카의 5대 조건이 있다.

첫째, 잘 살아온 얼굴이다. 재혼에서는 잘생겼다, 못생겼다, 이런 것보다는 인생을 잘 살아온 연륜이 엿보이는 얼굴, 표정, 모습, 그런 부분이 중요하다. 열심히, 성실히 살아온 사람에게는 특유의 분위기가 있다. 여유, 당당함, 편안함, 이런 것이 느껴진다. 그런 남성들이 여성에게 신뢰받는다.

둘째, 건강함이다. 오랜 세월 함께 살면서 몸이 약해지면 서로 돌봐주겠지만, 처음 만날 때 건강해야 하는 건 당연하다.

셋째, 경제력이다. "결혼이 늦어져도 절대 포기할 수 없는 조건?", "이상형이 아니라도 결혼을 긍정적으로 생각하는 요인?", "이성에 대해 실망하는 이유?" 등 남녀관계에 대한 다양한 주제의 설문조사에서 공통된 답변이 있다. '남성=외모, 여성=경제력'이다.

넷째, 바쁘면서도 여유 있는 생활이다. 2~30대는 기반을 잡아야 하기 때문에 정신없이 일만 한다. 이에 비해 4~50대는 자기가 하는 일에서 어느 정도는 목표를 이루거나 완성하는 단계에 이른다. 치열하게 살면서도 여유가 생긴다. 치열함과 여유가 적절하게 균형을 이루면서 남성을 더 활력 있게 만든다.

다섯째, 찌질하지 않고 담대한 성격이다. 한마디로 여성을 자유로우면서도 편안하게 만들어주는 넓은 가슴을 가진 남성이다. 의외로 평범하고 많이 듣던 얘기일 수도 있지만, '나는 어떤가?'를 생각해 보면 의외로 부족한 부분이 많다고 느낄 수도 있다. 참고로 60대 재력가 남성은 딱 한 가지, 경제력만 가졌다.

다섯 개 중 두 개에 해당하면 좋은 편이고, 세 개 이상이면 최고의 재혼 상대다. 다섯 개를 다 갖고 있다면 그야말로 '대박'이다.

50대 열정녀의 '쟁취한 사랑'

얼마 전 50대 중반의 재혼 여성이 사랑하는 사람과 결혼하게 됐다는 소식을 전해 왔다. 그녀의 지난 1년의 사연을 알기에 기쁨을 같이 나누면서 이 사례가 이 시대 싱글남녀들이 좋은 만남을 갖는 데 도움이 될 거 같아 공유하고자 한다.

A는 한국의 지방에 살았는데, 미국인 남성을 만나 결혼을 잘했다. 남성은 미국 공무원이었고, 그녀도 공무원으로 근무했다. 화목하고 행복했던 결혼생활은 오래 가지 못했다. 남편이 업무 중 불의의 사고로 사망했기 때문이다. 사별 후 A는 다니던 직장을 그만두고, 두 아이와 함께 미국으로 이주했다. 본인이 할 수 있는 아이템을 찾아 사업을 시작했다. 특유의 열정과 성실성도 있었고,

또 사업 수완도 대단해서 큰 성공을 이뤘다. 집이 여러 채 있을 정도로 경제적으로 여유가 있었다. 남편과 사별했을 때 A는 최선을 다해 아이들을 키우고, 그 후에 자신의 삶을 살겠다고 결심했다고 한다. 아이들은 잘 자랐고, 그래서 A는 재혼상대를 찾기 시작했다. 그녀는 키가 작고, 첫인상도 좋은 편은 아니다. 하지만 이런 약점을 극복하고, 훈남 스타일의 매너 좋고, 점잖은 전문직종 남성을 만났다. 남성은 그녀의 이상형이었다. 두 사람의 교제 과정은 책으로 써도 될 만큼 많은 일들이 있었다. 그녀의 사랑, 기다림과 노력의 연속이었다. A가 좋은 배우자를 만난 비결을 네 가지로 요약할 수 있다.

첫째, 여성 자신이 경제적으로 준비돼 있었다.

대부분의 50대 여성의 특징은 본인이 경제적으로 여유가 있을 때는 이성을 만날 생각을 하지 않고, 경제적으로 힘들면 배우자를 만나 해결하려고 하는 경향이 있다. 반면 A는 나름대로 경제적으로 안정돼 있고, 자신감 있었다. 어떤 남성을 만나도 자신이 행복하게 해 줄 수 있고, 또 남성에게 아쉬운 얘기 안 하고, 경제적으로 의존하지 않을 수 있다는 자신감이다. 한마디로 경제적인 독립을 이뤘다는 것이다.

둘째, 일관성 있게 만남을 유지해 왔다.

수십 년 전에는 '열 번 찍어 안 넘어가는 나무 없다'는 생각으로 좋은 사람을 만나면 그 사람에게 집중하고, 올인했는데, 요즘은 이성을 만날 수 있는 공간, 기회가 많으니까 아니다 싶으면 바로 돌아서 버리고, 다른 사람을 만난다.

A는 남성을 만난 후 1년 이상 인내를 갖고 노력하면서 만남을 유지해 왔다. 본인도 사회적인 성취를 이뤘고, 남들이 선망하는 사업가이니 남성과 만나면서 속상하고, 자존심 상하는 순간도 있었을 것이다. 그런데도 몇 번이나 다른 사람을 소개시켜 준다고 해도 거절하고, 이 남성에게 최선을 다해 보겠다는 의지로 만남을 포기하지 않았다.

셋째, 여성이 적극적이었다.

50대 이상 싱글들의 특징은 밀당을 많이 한다. 연륜이 있고, 사회적 위치가 있기 때문에 많은 부분을 고려한다. 하지만 A는 달랐다. 적극적으로 남성에게 다가갔다. 서로 살고 있는 거주지가 비행기로 두 시간 이상 가야 하는 거리인데, 여성은 남성이 오기를 기다리는 대신 본인이 먼저 남성이 있는 곳으로 갔다. 물론 남성의 동의를 얻은 상태에서 남성이 사는 모습, 일하는 모습, 있는 그대로의 모습을 보고, 마음을 결정했다. 남성 입장에서도 여성의 이런 적극성이 싫지 않았다. 남녀 간 감정의 속도가 달랐을 뿐, 남성도 여성을 마음에 두고 있는 상황에서 여성의 적극성은 마음을 결정하는 계기가 됐다.

넷째, 커플매니저의 적절한 조언과 격려

자화자찬일 수도 있지만, 이렇게 남녀가 결혼하기까지 오랜 시간을 들여 수고를 하는 회사는 많지 않다. 그만큼 애정과 공을 많이 들여야 하기 때문이다. 이 네 가지가 조화를 이뤄 A는 좋은 배우자를 만났다. 두 사람을 보면서 다시 한번 깨닫는다.

이 세상 모든 남녀는 자신의 배우자가 있다. 본인의 의지, 만남 의사가 확실하고, 매니저와 호흡이 맞는다면 나이, 사회적 위치, 이런 것과 상관없이 배우자를 만날 수 있다.

돌싱녀 5층 건물 소유주 되어
21년 만에 다시 만났으나…….

결혼을 안 하거나 늦게들 한다. 결혼을 늦게 하려는 싱글 본인이나 부모님들은 이 얘기를 기억하면 좋겠다. 왜 결혼을 제때해야 하는가. "결혼은 선택이다.", 이 말은 사실 말장난에 불과하다. 여러분들에게 묻고 싶다. 결혼비용이 없으면 정말 결혼하기 어려운가? 마음만 먹으면 할 수 있는 방법은 있다. 혼자 사는 게 편해서일 것이다. 옆에 누가 없어도 혼자 살기에 불편함이 없으니 결혼 생각이 없는 건 당연하다. 30년 결혼 현장에 있다 보니 그때 만났던 20, 30, 40대 싱글들을 지금 50, 60, 70대가 돼서 다시 만난다.

며칠 전에 만났던 여성도 그중 한 명이다.

2000년도에 만났는데, 오랜 세월이 흘렀는데도 그녀를 기억하는 이유는 종로5가에 사무실이 있었을 때 그 근처에서 식사를 긴 시간 하면서 많은 얘기를 나눈 적이 있어서다. 얼굴은 안 떠오르는데, 굉장한 미인이었던 것은 확실하다. 그녀는 재혼 여성이었다. 20년 전만 해도 재혼은 아직 익숙하지 않을 때였다. 여유로운 결혼생활을 하다가 남편이 도박 등으로 문제를 일으켜 가산을 탕진해 결국 이혼을 했다. 잘살던 여성이 경제적으로 어려워지다 보니 재혼을 통해 해결하려는 것 같았는데, 결국 망설이다가 그냥 돌아갔다.

최근에 다시 만났을 때, 그녀에게는 두 가지 변화가 있었다.

하나는 여성으로서 성공을 이뤘다는 것이다. 열심히 앞만 보고 살았다고 한다. 그 결과 5층 짜리 건물도 있고, 사업도 직원을 20명 두고 꽤 탄탄하게 해 나가고 있다. 그렇게 성공은 했지만, 또 다른 불행이 찾아왔다. 자신도 모르게 큰 병을 얻은 것이다. 의사 말로는 몇 년 전부터 진행됐다는데, 지금은 얼굴만 봐도 알 수 있을 정도로 병색이 완연해진 상황이다. 그녀가 나를 보자고 한 것도 미래에 대한 불안함과 외로움이 있어서일 것이다. 자녀와도 연락을 잘 안 하는 것 같고, 전 남편은 재혼을 했으니 그녀에게는 의미가 없다. 사업에 성공해서 부와 명예를 얻었지만, 60대 한창 나이에 큰 병을 얻었다. 뭐라도 해 줄 말이 없었다. 옆에 아무도 없으니 그 잘되는 사업을 접어야겠다고 말할 때 엿보이는 그 쓸쓸한 표정이 내 마음에 아프게 와닿았다.

그녀는 20년 전과 똑같은 말을 내게 물었다.

"재혼 상대를 만날 수 있을까요?"

20년 전 그녀는 건강했고, 미래가 밝았다. 하지만 지금은 그때와는 정반대다. 솔직히 난 자신이 없었다. 병이 깊어 앞날을 보장할 수 없는 이 여성을 만난다고 하는 남성들은 순수한 마음이 아닐 확률이 높다. 열심히 살아온 사람이 이제 행복해지려고 하는데, 또 다른 시련이 찾아왔으니 기가 막힐 노릇 아닌가. 이런 여성, 남성들을 몇 명 알고 있다. 젊어서 힘이 넘치고, 자신감이 넘칠 때는 혼자여도 잘 살 수 있다. 인생에 몇 년밖에 없다면 그렇게 살아도 좋다. 하지만 수십 년을 살아야 하는데, 어느 순간 피부는 노쇠하고, 몸은 병들고, 혼자서 거동을 할 수 없을 때 내 옆에 있어 줄 사람은 가족뿐이다.

물론 결혼해서도 헤어질 수도 있다.

그렇지만 아무 일도 하지 않은 채 싱글인 상태로 시간이 흘러서 대책이 없는 그런 순간을 맞이하는 삶을 한 번이라도 상상해 보았는가. 현재의 삶이 풍요로워 혼자 살아도 괜찮다고 생각하는 사람들은 이런 사실을 알고 있는가. 인생의 사이클을 돌아서 이런 저런 분들을 다시 만나 2~30년 전 만났던 분들의 결과치를 보게 되면서 '사람은 가장 아름다울 때, 가장 좋을 때 배우자를 만나야 된다.'라는 생각을 다시 하게 된다. **'인생의 돌려막기'**라는 게 있다. 처음에는 좋아 보이지만, 나중에 그 몇 배, 몇십 배의 고통으로 본인에게 고통으로 돌아온다. 결혼을 안 하거나 늦게 하는 것이 바로 그것이다.

“내 아내를 결혼시켜 주십시오”

수 년이 지났는데도 잊히지 않는 일이 있다. 두 남녀가 찾아와 남성이 여성의 회비를 결제한 적이 있다. 처음에는 오빠가 여동생을 결혼시키려는 것이려니 여겼다. 그런데 상담을 하다 보니 이게 웬일인가, 두 사람은 얼마 전 이혼한 부부였다.

“이 사람이 미국 유학을 가는 저를 따라가서 몇 년 동안 뒷바라지를 했어요. 덕분에 저는 박사학위를 받고 미국 대학교수가 됐어요.”

남편이 박사가 되고, 교수가 되는 동안 아내는 미국에 처음 갈 때와 똑같은 상태였다. 아무런 변화와 발전이 없는 자신의 상황을 견디지 못한 아내는 결국 이혼을 요구했다. 남편은 아내의 마음을 잘 알고, 또 크게 미안했기 때문에 그녀의 새 출발을 응원해 주기로 했다. 아내가 행복해지기를 바란 그가 그녀를 직접 결혼정보회사에 가입시키고 수백만 원대 회비를 결제한 것이다.

"그렇다고 제가 전처의 재혼 상대를 찾아 줄 수는 없잖습니까? 이렇게 하지 않으면 재혼은 생각도 못하고 혼자 지낼 것 같아서요."

그 후로 이 얘기를 사람들에게 몇 번 했는데, 다들 믿지 않았다. 사실 믿기지 않는 얘기인 건 맞다. 사랑했던 남녀가 서로 원수가 돼 헤어지는 경우를 보게 된다. 폭로전, 협박, 보복 등 입에 올리기도 섬뜩한 상황이 벌어지기도 한다. 한때 소중했던 관계가 그렇게 끝나야 할까. 왜 사람들은 좋아서 만나 놓고 돌아선 후 서로의 등에 칼을 꽂을까. 그런 마음은 어디서 나올까. 많은 만남을 보면서 오랫동안 고민하고 생각해 온 주제 중 하나다. 누구의 잘잘못이나 그런 상황의 옳고 그름을 논하자는 것이 아니다. 우리 인간들만이 느끼는 이런 감정의 변화를 유연하게 받아들여 상처를 덜 받고 잘 헤어지는 것에 대한 얘기다.

깊이 사랑한 만큼 이별은 어렵다. 연애를 100번, 200번 했다면 헤어지는 것에 도사가 됐을 것이다. 하지만 일반적으로 많아야 10번 정도 연애를 한다. 그러니 연애가 한번 끝날 때마다 세상 다 산 것 같은 절망감을 느끼는 건 당연하다. 문제는 그런 절망이 극단의 분노로 이어져 상대에게 비수를 꽂는 상황으로 가는 것이다. 그 비수는 결국 자신에게 다시 돌아온다. 두 사람 모두 큰 상처를 입는 것이다. 이렇게 되지 않으려면 남녀관계는 비즈니스보다 더 정교해야 한다. 계산적, 의도적이어야 한다는 것이 아니라 한쪽의 희생이나 양보가 아니라 서로의 의사를 존중하고 배려해야 한다는 것이다. "어떻게 그렇게 신경을 쓰면서 연애를 하느냐?"라고 반문할 수도 있지만, 그렇게 하지 않고 누군가를 사랑한다고 말할 수 있느냐고 도리어 묻고 싶다.

쿨한 헤어짐은 두 사람이 어떻게 만나왔느냐는 과정의 결과물이다. 상대에 대해 방심하는 것도 위험한 징조다. '설마 나를 어떻게 할까?'하는 안일함이 상황을 악화시키기도 한다. 만나면서 헤어질 것을 준비한다는 것은 어불성설이지만, 서로 사랑하면서 잘 만나 왔던 시간이 헛되지 않으려면 선한 마음으로 각자의 길을 가는 것이 두 사람을 위한 최선이다.

결혼하면 1+1=3,
이혼하면 3÷2=0.5

"이제 정말 이혼할 겁니다. 애들한테 안 좋은 모습만 보이고. 차라리 이혼하는 게 낫죠."

몇 년 만에 전화를 한 그는 또다시 이혼 타령이다. 그는 20년 전 내가 결혼시킨 사람이다. 결혼 2~3년 만에 생활습관이 안 맞는다면서 이혼하고 싶다고 하는 그를 설득해 겨우 마음을 돌려놓았다. 그러다 몇 년 만에 다시 연락을 해 대화가 안 통한다고 불평불만을 쏟아냈다. 그러고는 아이가 둘인 자신이 재혼을 할 수 있는지 물었다. 서류 정리를 하면 그때 얘기하자고 했다. 그는 이런 식으로 몇 년마다 전화를 해서 신세한탄을 하고, 이혼하고 싶다, 재혼할 수 있는지 궁금해했다. 그리고 최근에 다시 연락이 온 것이다. 그는 아직 이혼을 하지 않았다.

"이혼하시면 집은 어떻게 되나요?"

"둘 다 전세 정도는 마련할 수 있어요."

"생활비는요?"

"뭐, 좀 빠듯하죠. 애들 엄마가 일을 하지 않으니 제가 양육비를 다 책임져야죠."

"그럼 경제적으로 좀 빠듯해지시겠어요."

결혼하면 1+1=3이 된다. 경제 상황이 플러스알파가 된다. 하지만 이혼하면 3÷2=0.5가 된다. 나눌 때는 마이너스 알파가 된다. 그야말로 경제 상황이 바닥을 친다는 것이다. 생활 수준이 불고기 10만 원 먹다가 5만 원으로 줄어든다. 여행이라도 가려면 예산이 100만 원이었다면 이제는 20만 원으로 줄어든다. 이혼하면 문제가 다 해결될 것 같고, 그런 건 참을 수 있을 것 같다. 하지만 막상 그렇게 되면 비참해진다. 생활력, 경제력이 반으로 줄어드는데, 원하는 이성을 만날 수 있을까?

이혼하면 화려한 싱글이 될 수 있을 것 같지만, 실상은 그렇지 않다. 경제적인 관점에서 보면 부부 모두 패자가 된다.

40대 초반의 그는 이혼으로 인생이 180도 달라졌다. 이혼 전까지 그는 40평대 집도 있고, 직장에 잘 다녔다. 하지만 이혼을 하면서 결혼 10년 만에 마련한 아파트는 여덟 살 딸을 양육하는 전처에게 넘기고, 그는 작은 월세 아파트에 살고 있다. 양육비와 월세를 내고 나면 전처럼 여유 있는 생활을 하기는 힘들다고 했다.

"모터사이클을 탔는데, 이혼남이 무슨 사치인가 싶더라고요. 작은 아파트라도 사야지 하다가 언제 돈을 모으나 생각하면 우울해져요."

그리고 혼자 살다 보니 입는 것, 먹는 것 다 엉망이다. 삶의 질이 떨어졌다. 이혼하면 마음 편하고, 자유로울 줄 알았는데, 앞으로 살 걱정, 고독감도 크고, 재혼할 엄두가 안 난다고 한다. 사는 데 어려움이 없다고 해도 이전보다 훨씬 궁핍함을 느끼고, 상실감과 박탈감도 크다.

이혼하면 화려한 싱글이 된다? 어림없는 소리다.

30년 후,
남자들은 미녀를 거부했다

내가 기억하는 20대의 A는 패션모델 같았다. 30년 전만 해도 우리나라 여성 평균 키는 160㎝가 안 됐을 것이다. 그런데 당시 그녀는 키 168㎝에 늘씬한 스타일, 인상도 좋았고 좋은 직장에 다니고 있었다. 이런 그녀를 어떤 남성이 마다하겠는가. 많은 남성의 애간장을 녹이던 그녀는 명문대를 졸업한 명석한 두뇌를 가진 글로벌기업 임원과 결혼했다. 아이를 둘 낳고 잘살던 그녀 인생에 먹구름이 낀 것은 결혼한 지 15년쯤 되던 때다. 남편이 우연히 손을 댄 도박에 빠져 재산을 탕진한 데다가 그 일로 구속되고, 회사에서 해고까지 당하면서 그녀의 가정은 풍비박산 났다. 결국 A는 남편과 이혼하고, 두 자녀를 키우며 홀로 살아왔다. 자기 관리를 잘해서 50대 초반인 지금도 20대 못지않은 몸매와

인상을 유지하고 있다. 재혼을 위해 남성들을 소개받고 있는데, 자신감이 넘친다.

A와 비슷한 연령대의 B가 있다. 전문대를 졸업한 그녀는 일찍 사업에 눈을 떠 20년 이상 한 분야에서 활동하고 있다. 순탄치는 않았지만, 그래도 지금은 해외 영업부까지 둔 꽤 규모가 큰 회사의 대표가 됐다. B의 외모는 지극히 평범하다. 키는 153㎝로 자그마하고, 살도 찐 편이다. 인상은 좋게 말하면 복이 들어오는 후덕한 느낌이다. 외형상으로는 A와 정반대라고 할 수 있다. 지금 A와 B가 남성을 소개받는 상황이다. A는 일단 예쁘고, 전문직에서 일한 연륜이 있어서인지 세련된 분위기로 100% 애프터를 받는다. B 역시 성공한 사업가라는 커리어가 있기 때문에 대부분 전문직 남성들을 소개받고 있다.

두 여성의 만남 결과는 어떨까?

A와 연결된 남성들은 한두 번 만남 후 연락이 없다. A는 그 이유가 너무 궁금하다. 자신은 예쁘고 세련됐으니 남성들이 좋아하는 스타일이라고 생각하는데, 결과가 안 좋으니 말이다. 반대로 큰 기대가 없던 B는 만나 본 남성 모두에게서 연락이 왔고, 교제 의사를 밝힌 남성들도 많다. 결정적으로 A에게는 경제적 기반이 없다. A가 재혼을 결심한 것도 경제적으로 여유 있게 살고 싶어서

다. 흔히 전문직 종사자, 명문대를 나온 남성들은 나이 어리고 예쁜 여성을 선호한다는 인식이 있다. 물론 젊어서 연애할 때는 그렇다. 하지만 50대 이상 된 남성들은 여성을 보는 기준이 다르다. 준비된 여성 B는 20대 때는 남성들의 선택을 받지 못했지만, 오히려 지금은 인기가 높다. 노력하며 살아온 세월이 헛되지 않았고 이제는 본인이 원하는 남성을 만나 결혼할 확률이 매우 커졌다.

인생에는 이런 역전이 있다.

재혼의 5가지 함정

첫 결혼이 이혼이든 사별이든, 재혼에는 실패나 아픔에 대한 보상심리가 작용할 수밖에 없다. 특히 이혼을 했다면 이상적인 배우자를 만나고 싶은 마음이 커진다. 하지만 재혼의 현실은 그리 녹록지 않다. 결혼생활을 잘 아는 데서 오는 식상함, 사랑보다는 현실을 더 의식할 수밖에 없는 상황 등 여러 이유가 있기 때문이다.

재혼생활을 힘들게 하는 **함정**들은 무엇일까.

1. 외모나 경제력의 함정

"눈이 크고 날씬한 스타일이요."

재혼 상대에 대해 이혼남 A씨는 이렇게 말한다. 얼굴만 보고 결혼했다가 정신적인 면이 안 맞아 이혼을 했음에도 여전히 외모를 따진다. 이혼녀 B씨는 전 남편이 생활능력이 없어 고생을 많이 했기 때문에 나이차가 많이 나더라도 경제력이 있는 남성과 결혼하고 싶어 한다. 외모나 경제력은 중요한 결혼조건이다. 하지만 한 가지 조건에 집중하면 그만큼 결혼의 리스크는 클 수밖에 없다. 결혼은 얼굴 혹은 돈만 갖고 되는 게 아닌 탓이다.

2. 자녀의 함정

여성 C씨는 자신의 딸 둘을 데리고 남매를 양육하는 D씨와 재혼했다. 테이크아웃 카페를 하는 C씨는 돈을 벌고는 있지만, 남편이 딸들의 교육비에 도움을 줄 것으로 기대했다. 하지만 아니었다.

"네 명이나 되는 애들을 나 혼자 가르치기는 힘들다. 서로 분담하자."

"결국 내 자식 네 자식 나누자는 얘기네."

"얘기가 그렇게 들렸다면 어쩔 수 없는데 나도 애들 뒷바라지만 하자고 재혼한 건 아니잖나?"

이럴 바에야 차라리 재혼을 안 하는 게 나았을 것 같다는 게 C씨의 생각이다. 재혼자들은 때로 이중적인 생각을 한다. 나를 사랑하니까 내 아이들도 사랑해 주리라는 환상이 있는가 하면, 나는 아이가 있으면서도 아이가 없는 상대를 원하는 것이다.

3. 외로움의 함정

이혼하면서 위자료를 많이 받아 풍족한 생활을 하고 있는 E씨는 이혼남 F씨와 교제 중이다. 전 남편의 폭력과 바람기로 인해 정상적인 결혼생활을 한 적이 없는 그녀는 F씨의 번듯한 외모와 신사적 매너에 끌려 재혼을 했다. 하지만 그녀가 기대했던 행복한 재혼의 꿈은 물거품이 되고 말았다. F씨는 사실 빚이 많고, 여자가 많은 플레이보이였다. 외로움이 그녀의 판단력을 흐려 놓아 다시 한번 잘못된 선택을 하게 만들었다.

4. 전 남편, 전 부인의 함정

50대 중반의 G씨는 15세 나이 차이를 극복하고 30대 후반의 H씨와 재혼을 했다. 그에게는 장성한 두 아들이 있는데도 아내를 사랑하는 마음에서 또 아이를 낳고 싶어 했다. 그러나 그의 깊은 사랑과 달리 아내는 출산할 마음이 없었다.

아내는 재혼생활에 충실하지 못했고, 자꾸 전 남편이 양육 중인 아이를 만났다. 그리고 G씨에게서 받은 생활비 일부를 전 남편에게 줬다. G씨는 아이를 위하는 아내의 마음을 이해하면서도 그로 인해 전 남편과 자꾸 엮이는 것이 불안했다. 가끔 넌지시 그런 얘기를 하면 아내는 '모성애를 이해하지 못하느냐.' '자기를 의심하느냐.'라면서 화를 냈다. 재혼을 하면 자신도, 상대도 전 배우자와의 관계가 청산될 것 같지만 아이들이 있는 이상 쉽지 않다는 것을 알고 신경을 써야 한다.

5. 선입견의 함정

아내의 외도로 이혼을 한 L씨는 화려한 외모보다는 단정하고 차분한 이미지의 여성을 만나고 싶어 한다. 하지만 외모가 화려하다고 외도 성향이 있는 것도 아니고, 사귀어 보지 않으면 잘 알 수 없는 것이 사람 마음이다. 남편이 갑작스러운 사고로 세상을 떠난 J씨는 그와 닮은 사람에게 마음이 끌린다. 하지만 단순히 누군가와 닮았다는 이유로 배우자를 선택하는 것은 매우 위험한 함정에 빠지는 것이다.

결혼생활 경험이 재혼에 도움이 되는 부분이 있지만, 선입견으로 인해 좋은 인연을 놓치기도 하고 잘못된 선택을 하기도 한다.

자녀 있는 재혼이 더 잘사는 이유

이혼이 급증하면서 재혼도 늘고 있다. 많은 재혼자들이 자녀 없는 상대를 원하기 때문에 자녀 있는 사람은 재혼하기 힘들다는 통념도 있다. 과연 그럴까?

실제 사례이다.

A라는 남성은 호탕한 성격에 노는 것을 좋아하고, 바람기도 있다. 하지만 경제적 능력은 그저 그렇다. 몇 년 전에 바람을 피우다가 이혼을 했고, 아이 둘은 전 부인이 키우고 있다.

B라는 여성은 낭비벽이 심해 카드빚을 많이 지고 남편에게 이혼을 당했다. 아이는 전 남편이 맡았다.

A와 B가 만났다. 두 사람 다 아이를 안 키우다 보니 비교적 쉽게 만나 재혼을 했다. 아들 하나를 낳고 살았지만, 결국 이혼했다. 이혼사유였던 바람기와 낭비벽이 다시 발동했고, 그로 인해 재혼도 실패했다. 두 사람의 만남과 결혼은 재혼에 대한 생각을 바꾸게 한다. 자녀가 없는 사람이 좋은 재혼상대일까?

개인적인 생각이지만, 꼭 그렇지는 않다. 내 경험상 자녀를 양육하지 않는 쪽이 이혼의 원인 제공자일 가능성이 더 높다. 결혼생활에서 문제가 있는 쪽이 이혼 과정에서 많은 권리를 상실하고, 또 그런 배우자에게 아이 양육을 맡기는 경우는 거의 없기 때문이다. 안정적인 재혼을 원한다면 자녀를 양육하는 것을 현실적인 안목으로 볼 필요가 있다. 자녀를 키우는 사람은 책임감이 있고, 신중하다. 그리고 자녀를 키우기 위해서는 생활이 안정되어 있어야 한다. 열심히 산다는 것이다. 또한 자녀가 있는 것이 현실적으로 결혼하기 어려운 조건이라는 것을 알기 때문에 상대에게 고마워하고, 배려한다. 특히 남성들은 상대 자녀의 양육을 꺼려 하는 경향이 있다. 하지만 5년 이상 살다가 헤어지는 커플들이 대부분이고, 그래서 자녀 있는 상대와 재혼할 확률이 크다. 이런 현실을 고려해서 자녀에 대한 인식을 바꾸면 상대를 만날 수 있는 폭이 넓어진다.

1년째 밀당 중인 남녀,
누가 손해일까

1년째 한 여성과 '밀당' 중인 50대 후반 싱글남성 A가 있다. 여유를 부릴 상황이 아니건만, 그러는 데는 다 이유가 있다.

A는 이혼을 했고, 전처가 자녀를 양육하고 있다. 라이선스가 있는 준전문직에 종사하는데, 경제적으로 그렇게 여유 있지는 않다. 이혼하면서 전처에게 큰돈을 위자료로 주고 이후로는 돈이 잘 안 모이는 상황이다. 지금의 직업으로 먹고살지만, 노후가 보장된다고는 할 수 없다. 한편으로는 키도 크고 매너 좋고 좋은 대학을 나와 주변 평판이나 여성들의 평가는 나쁘지 않다.

A는 1년 전 4세 연하의 여성 B를 소개받았다. 남편과 사별한 B는 사업을 하고 있고, 자기 소유 집도 있어 경제적으로 윤택하다.

성격이 강한 편이고, 이성에게 매력을 주는 인상은 아니다. 하지만 한 사람에게 집중해 최선을 다하는 스타일이어서 A를 기다리고 있다. 미국이 넓다 보니 거리가 좀 떨어져 있는 두 사람은 화상 전화나 채팅을 하면서 서로 친해졌다. 실제로는 한 번도 만나지 못했다. 몇 번이나 만날 약속을 했지만 번번이 어긋났다. 사실 그렇게 된 데는 A의 말 못할 고민이 있다.

"60이 다 돼가는 나이에 경제적 기반이 확실치 않은데, 그렇다고 설명하기가 어려워요."

"그렇다고 선생님이 경제활동을 안 하는 것도 아니고, 나름대로 공신력 있는 직업도 있고요. 더 시간을 끌면 믿고 기다려 준 분께 도리가 아니죠. 1년이면 정말 오래 기다려 준 겁니다."

사실 A가 자꾸 만남을 미루는 데는 B에게서 매력을 못 느끼는 부분도 있다. 여성의 능력과 열정을 생각하면 만나는 게 좋은데, 특별한 감정이 생기지 않으니 고민이 되는 것이다. 헤어지자니 아깝고, 만나자니 안 내키고, 그런 상황인 것이다. 게다가 결혼을 하거나 같이 살게 되면 누군가는 거주지를 옮겨야 하는데, 여성이 자기 쪽으로 오기를 바라지만 쉽지 않으리라는 것을 알고 있다. 이런 것들을 풀어 가는 과정이 복잡할 것 같아 아예 시작조차 못하고 있다. 여성은 정말 이 남성에게 최선을 다하고 싶어 한다. 큰 욕심은 없고, 남성이 어느 정도 먹고 살 수만 있을 정도면 된다. 그런데 남성은 만나러 온다고 했다가 몇 번씩이나 번복하면서 거절이 잦은 상황이다.

B는 끝없는 인내를 발휘하고 있다. 보통은 이 정도면 자존심이 상해서라도 그만둘 텐데 B는 본인이 매력이 없는 편이라는 것을 알고 있다. 이 남성에게 "꿈 깨라."라고 하고 싶다. 남성은 굴러들어온 복을 차고 있다. 여성이 매력적이지 않은 것을 아쉬워하는 남성의 심정을 이해는 한다. 하지만 그렇게 느낌이 통하는 여성을 만나려면 남성도 경제적 준비가 되어 있어야 한다. 그에 비해 여성은 현명하고, 인내심이 있다. 본인 스타일의 남성을 만났고, 인연을 이어가기 위해 노력하고 있다.

이러면서 1년 이상 밀당이 진행되고 있다. 이제 상황은 전적으로 두 사람에게 달렸다.

두번 이혼한 쇼핑중독녀의 20년 후

"저 기억하시겠어요?"

상대방은 반갑게 안부를 묻는데, 전화상으로는 도통 기억이 나지 않았다. 몇 마디 의례적인 인사가 오고 간 후 그녀의 설명이 이어지고 난 다음에야 기억이 났다. 거의 20년 만이었다. 그녀는 쇼핑중독녀로 칼럼에 사례를 소개한 적이 있는데, 병적으로 사치가 심해서 두 번 이혼을 당하고 이후로는 쇼핑중독을 고치지 않는 이상 더는 소개를 할 수 없다고 내가 먼저 정리한 경우였다.

20대의 그녀는 눈에 띄는 미인이었다.

다시 만나고 보니 예전의 자태는 남아 있지만, 세월의 흔적이 여실히 드러나는 모습이었다. 생활이 쉽지 않다는 것을 알 수 있었다. 보증금 500만 원의 원룸에 살고 있고, 식당에서 홀 서빙을 하고 있다고 했다. 두 번의 이혼 후 계속 혼자 지낸 것 같았다. 두드러지게 달라진 것은 겸손해지고, 검소해졌다는 것이다. 화려했던 20년 전에 비하면 초라하기까지 한 상황인데, 눈빛은 부드럽고 표정도 편안해 보였다.

"많이 변하셨어요."

"그럼요, 사람 다 됐죠. 지금처럼 살았으면 그 꼴을 안 당했을 거예요. 왜 명품에 그렇게 집착했는지 잘 모르겠어요."

"얼굴이 밝아졌어요. 건강해 보이고요."

"일한 만큼 벌고, 번 만큼 쓰니까 마음이 편해요. 쥐꼬리 만한 월급인데도 몇 달 후에 2,000만 원 적금도 타요."

그러면서 조심스럽게 말을 꺼냈다. 나한테 연락을 한 이유이기도 했다.

"저, 다시 배우자를 만날 수 있을까요? 어머니를 모시고 사는데, 걱정이 너무 많으세요. 이보다 더한 불효가 어디 있을까 싶어요."

"본인 마음은 어떤가요?"

"자격은 없지만, 다시 시작해 보고 싶기도 해요. 저, 염치없죠? 그때 저 포기하셨잖아요."

"그때는 솔직히 문제가 많았죠."

나는 소개를 다시 해 보겠다고 했다. 그때는 어떤 남자를 만나더라도 불행이 예고됐지만, 지금은 그런 문제가 없고, 건강하고 성실하다. 외모와 스타일은 변했지만, 내가 보기에 그녀는 오히려 지금 비로소 상대를 만날 준비가 됐다. 예전에 자신의 외모를 믿고 돈 많은 남자만 찾던 쇼핑중독녀가 아니다. 상대의 조건은 따지지 않는다고 했다. 외롭지 않게 서로 울타리가 돼 주고, 맞벌이를 해서 먹고살 정도만 벌면 된다고 했다. 이렇게 생각하는 여성을 원하는 남성은 존재한다.

세월은 사람을 변하게 한다. 문제가 있던 사람들은 부딪히고, 경험하고, 깨달으면서 좋은 배우자로 변하기도 하고, 반대로 좋은 배우자라고 생각되던 사람들이 자만과 안일함으로 문제가 생긴 케이스도 많이 봤다.

인간 세상이, 삶이, 그런 것 같다.

이혼녀와 돌싱의 차이

"이 대표, 오랜만입니다."

자녀 셋 중 한 명을 나를 통해 결혼시킨 70대 아버지가 연락을 했다. 몇 마디 인사를 나눈 끝에 혹시나 하는 마음에 물었다.

"혹시 제가 도울 일이라도…."

"말 꺼내기가 민망해서…. 우리 아들 결혼 좀 시켜주세요."

"결혼 안 한 아드님이 또 있었나요?"

"또 있긴요. 재작년에 갔다가 왔어요, 돌싱."

연로한 아버지가 '돌싱'이라는 말을 쓰는 세상이다. 그리고 부모가 자식 재혼도 시키는 세상이다. 그만큼 이혼, 재혼이 시대의 두드러진 현상이 된 것은 사실이다. 이분은 세 자녀 중 둘이 이혼을 했다. 한 집 걸러 이혼이 있다는 말도 모자라 이렇게 한 집에서 둘이 이혼을 한 경우도 있다.

"이 대표가 결혼시킨 우리 막내는 지 언니, 오빠처럼 이혼은 안 해야 될 텐데, 그게 부모 마음대로 되나요."

아버지의 쓸쓸한 목소리가 가슴 깊이 파고들었다.

30년 동안 우리나라 결혼문화의 격변을 온 몸으로 겪고 지켜봐 왔다. 이혼이 돌싱으로 바뀌는 과정은 20세기와 21세기를 대변하는 한 가지 현상이다. 20세기에 이혼은 금단의 단어였다. 주변에 이혼이 많지 않았고, 이혼하면 뭔가 문제 있는 사람 취급을 당했고, 불이익도 받았다. 직장에서 이혼했다는 말이 나올까 봐 특히 여성들이 더 두려워했다. 회원 상담은 20명이 오면 19명이 초혼, 1명 정도가 이혼 상담이었다. 아마 2000년대 이후 결혼하고 이혼한 사람들은 실감이 안 날 것이다. 지금은 10명 중 3명이 이혼 상담이다. 왜 이런 현상이 일어났을까? 지난 세대에게 결혼은 일종의 의무였다. 누구든 살아가는 과정에서 한 번은 꼭 치르는 과정이라는 생각이 강했다.

지금 세대에게 결혼을 하는 가장 큰 이유는 행복해지기 위해서다. 하지만 어떤 사람을 만나야 행복한지를 배우지 못했다. 부모의 영향, 사회적 관습 등으로 배우자를 보는 시각은 20세기에 머물러 있는데, 그들의 결혼관은 자유연애다. 그런 부분이 충돌하면서 이혼이 많아지고 있고, 어느새 쉬쉬하던 이혼이 당당한 돌싱으로 바뀌고 있다.

솔직하고, 거침없는 요즘 세대가 만들어 낸 현상이다.

예단비 12억원 주고 한 결혼, 2년 후…

"대표님, 왜 불길한 예감은 늘 들어맞는지 모르겠어요. 조마조마했는데, 결국 터지네요."

불과 두어 달 전까지만 해도 좋은 사람 소개해 줘서 고맙다고 인사를 했던 그녀였다. 30대 초반의 그녀는 부친이 꽤 규모 있는 사업을 하는 집안이었고, 본인도 영어 번역을 하는 전문직 여성이었다. 집안에서 뒷받침을 해 주고 있어서 남성이 필요하다면 어느 정도 지원도 생각하는 상황이었다. 그러던 중 피부과 의사와 맞선을 보게 되었고, 서로 마음이 맞았던지 두 사람 관계가 꽤 속도를 내고 있었다.

"그 사람도 부모님이 여유가 있는 분들이라 아들 믿고 무리한 요구는 안 하실 줄 알았어요. 그래서 더 호의를 가졌던 것도 사실이에요. 여자 돈 보고 결혼하는 집안이 아니구나, 싶어서요."

"근데 아니었던 거예요?"

잠시 말을 멈춘 그녀에게서 한숨 소리가 들렸다.

"예단비로 12억을 요구하더라고요."

"네? 12억이요? 남성분이 직접요?"

"어머님이 그렇게 말씀하시더라고요."

사실 여성 부모님도 하나뿐인 딸이 결혼하는 데 어느 정도는 신경을 써야겠다고 생각하고 있었다. 그런데 남성 어머니의 무리한 요구에 모두 당황했다고 한다.

"세상에 의사가 자기 혼자도 아니고, 그렇다고 네가 못난 것도 아니고."

"그래도 서로 좋아하는데, 돈 때문에 뜯어 말릴까?"

어머니는 반대했고, 아버지는 그래도 딸이 좋다면 원하는 액수를 맞춰 줄 생각이었다. 여성은 부모님을 생각하면 속상하고, 그렇다고 헤어질 수는 없고, 결국 중매를 한 나한테 남성을 설득해 달라고, 예단비를 좀 깎아 달라고 얘기를 해 달라고 했다.

내가 생각해도 기가 막혔다. '이건 아니다.' 싶었다. 그래서 여성에게 결혼하지 말라고 했다. 돈이 오고 가는 결혼은 꼭 후회할 일이 생기기 때문이다. 하지만 어떻게 해서라도 결혼을 하고 싶어 하는 그녀를 보니 안타까운 생각이 들었다. 그래서 남성을 만나 여성을 좋아하는지 물었더니 그렇다고 했다. 그래서 좋아하는 사람이면 돈보다는 그 사람을 먼저 보라고 했다.

남성의 대답이 걸작이었다.

"저랑 결혼하고 싶어 하는 여자가 그 사람도 있지만, 집안 통해서 아는 사람, 해서 셋 정도 있는데, 솔직히 셋 다 싫지 않습니다. 그러면 이왕이면 저를 많이 밀어주는 여자한테 마음이 가는 건 당연하지 않습니까? 그래서 그 사람한테 그런 제안을 했고요."

"그럼 예단비 12억이 어머니 생각만은 아니었던 거네요?"

나는 설득하기 어렵다는 생각이 들었다. 어차피 결론은 정해져 있었다. 여성도 그 결혼을 포기할 생각이 없었고, 남성도 그 액수를 맞춰 주지 않으면 다른 여성이라도 만날 생각이었다.

얼마 후 두 사람의 결혼 소식이 들렸다. 남성 쪽 요구를 맞춰 주었는지, 예단비를 좀 깎았는지는 모른다. 그래도 양식 있는 사람들이니 결론이 잘 났나 보다, 했고, 축하의 뜻을 전했다. 그리고 2년이 흘렀다. 최근 여성에게서 전화가 왔다. 이혼을 했다면서 재혼상대를 소개해 달라고 했다. 그녀가 이제는 과거의 실패를 경험 삼아 진정성 있는 관계 속에서 행복을 찾았으면 하는 바람이고, 할 수 있다면 그런 사람을 소개해 주고 싶다.

혼자 된 후 최초 1년

30년 가까이 결혼정보회사를 운영하는 동안 현장에서 경험한 가장 큰 변화 중 하나는 이혼이 정말 많이 늘었다는 것이다. 내가 만나 본 사람들 중에는 20대 초반의 이혼녀도 있었고, 60~70대 황혼 이혼자들도 있었다. 옛날에는 이혼했다는 사실만으로도 주변의 시선이 따가웠고, 사회생활에도 불이익이 따랐다. 그래서 이혼을 끝까지 숨기는 경우가 많았다.

하지만 지금은 어떤가? 재혼, 삼혼도 당당하게 결혼 사실을 알린다. 심지어 청첩장도 돌린다. 나도 받아 봤다. 그 시절 재혼하기는 또 얼마나 힘들었나. 결혼정보회사 초창기 때 내 돈 내고 가입하면서도 회원으로 받아 준 것을 오히려 고마워할 정도였다. 하지만 그때나 지금이나 변하지 않는 것은 쉽게 이혼하는 사람은 없다는 것이다. 이혼 하나 하나에는 아픔, 눈물, 고뇌, 이런 온갖 과정이 있다. 한마디로 마음 고생 무지하게 한 다음에 헤어진다는 얘기다. 사별도 마찬가지다. 사랑하는 사람과 헤어진 후의 고통, 공허함은 엄청나게 크다. 많은 아픔을 겪는 이혼과 사별이니만큼 중요한 것은 혼자 남은 후이다. 어떻게든 살아야 하기 때문이다. 이혼, 사별 후 대부분은 어두워진다. 표정도 그렇고, 삶에 대해 움츠러든다. 그런 후유증이 예전에는 보통 3년 정도 나타났는데, 요즘은 1년 정도로 줄어들었다고 본다.

2년 전 이혼 후 재혼 의뢰를 한 남성은 "오죽하면 이혼을 하겠어요? 근데요, 이혼보다 더 힘든 건 주변 시선이었어요. 실패자 취급하는 그런 시선이요."라고 했다. 그래서 그는 더 당당해졌다고 했다. 서로 맞지 않아서 이혼한 것이지, 무슨 잘못이 있는 게 아니기 때문이다. 이렇듯 사람들이 이혼자에 대해 갖는 일종의 편견이 있다. 무슨 문제가 있어서 이혼했다는 것, 그리고 재혼하면 초혼보다 쉽게 이혼한다는 것이다. 그런 힘든 시간을 거친 후 일부는 예전과 같이 생활하기도 하지만, 어떤 사람들은 어두운 생활을 계속한다. 이혼이나 사별 후 최초 1년을 어떻게 보내느냐에 따라 이후의 인생은 극명하게 달라진다. 많은 사람들은 자기가 감당해야 하는 것, 혼자만의 문제로 알고, 누구에게도 털어놓지 못한 채 허덕이다가 시간이 지나간다. 그렇게 하다 보면 극복하는 데 참 많은 시간이 걸리고, 회복을 하더라도 이전과는 인생이 참 많이 바뀐다. 더는 그렇게 인생을 허비하지 않았으면 싶다. 본인을 살피는 시간을 갖는 게 필요하다. 일부러라도 자신을 의식하고, 관심을 가져야 한다. 취미활동을 갖는 것도 좋다. 분위기 전환, 어두운 마음 상태에서 벗어날 수 있기 때문이다. 가능하면 표정을 밝게 하는 것도 중요하다. 억지로라도 웃으면 우리 뇌는 그것을 정말 즐거워서 웃는 것으로 받아들인다고 하지 않나.

친구들과 만나는 시간도 가져보라고 권하고 싶다. 이혼과 사별의 아픔에서 벗어나는 가장 좋은 방법은 이성 친구를 만나는 것이다. 이성과의 만남은 움츠려 있던 내 본능을 일깨우고, 삶의 활력을 되찾는 방법이다. 성(性)을 밝혀서가 아니라 사람은 욕구가 생기면 살고 싶어지고, 행복해지고 싶어진다. 이성에게 끌리는 건 인간의 본능이다. 힘들게 이혼한 후 한동안 의욕상실과 분노감으로 살던 한 남성은 최근 연애를 시작하더니 마음이 느슨해졌다고 한다.

"악에 받쳐서 전투적으로 살았거든요. 근데 지금은 그랬던 시간이 너무 아까워요. 내가 사랑받을 수 있는 존재라는 것을 다시 깨달으면서 막 살면 안 되겠다는 생각이 들었어요."

이혼이 죄는 아니다. 죄책감이나 부끄러움을 가질 필요가 없다. 건강하게 잘 사는 것은 본인에게 가장 좋고, 가족이나 주변에게도 좋다.

재혼희망 69세 남성

내 중매 경험담을 본 분들로부터 메일을 많이 받는 요즘이다. 최근 미국에 거주한다는 분의 메일에 특히 관심이 많이 갔다. 47년생의 남성이다.

요즘 100세 시대를 증명이라도 하듯이 황혼 재혼을 자주 본다. 내가 보기에 60대 중반 이후를 황혼으로 보는 게 맞을 것 같다. 하지만 이분을 만나고 보니 60대 후반도 청춘이다. 그분은 사업에 성공해서 상당한 재력을 갖고 있다. 오래전에 부인과 사별했고, 하나 있는 아들은 결혼을 앞두고 있다. 그분은 아들이 결혼하고 나면 홀가분한 상태에서 인생을 재미있게 살고 싶다고 했다. 재혼도 긍정적으로 고려하고 있다고 했다. 그분과 몇 번의 e-메일, 그리고 전화를 주고받았다.

“저도 재혼이 가능하겠습니까? 70이 다 돼 가는데….”

“미국에 계시니까 아시겠지만, 70넘어서도 로맨스가 충분히 가능하잖습니까?”

“허허, 그렇기는 하지만, 사업하느라 인생을 즐겨 보질 못해서, 이 나이에 여자를 진지하게 만난다는 게 좀 쑥스럽긴 합니다.”

“먼 훗날 생각해 보시면 그때 결심 잘했다, 하실 겁니다.”

메일의 글에서 느껴지는 지적인 느낌, 목소리 톤과 억양은 젠틀함을 느끼게 해 준다. 사진을 보니 반백의 헤어스타일에 세련미도 담겨 있다. 본인은 70, 70하지만 그 말투에서 오히려 자신감이 느껴지는 이유다. 이런 분이 사별 후 지금껏 싱글이었다는 것이 믿어지지 않을 정도다.

“남성으로서 충분히 매력 있으십니다.”

“자꾸 비행기 태우면 어지럽습니다. 이 대표와 얘기를 나누다 보니 좀 자신감이 생기네요.”

“혹시 찾으시는 여성 스타일이 특별히 있으신가요?”

“오랫동안 혼자 살면서 꿈만 커졌는지, 이런저런 생각이 많아지네요. 메일로 보내 드릴 테니 한번 보세요.”

그가 제시한 이상형의 조건은 일곱 가지였다.

1. 표정이 밝았으면 합니다.

2. 낭비벽이 없고 검소해야 합니다.

3. 나이는 저보다 8~13살 정도 차이 나면 좋겠습니다.

4. 자녀가 없으면 좋겠습니다.

5. 노후에 100만 원 정도 연금을 받는 사람이면 좋겠습니다.

6. 운전과 골프를 할 수 있으면 싶네요.

7. 서로 마음이 맞으면 2년 안에 결혼이 가능해야 합니다.

눈이 높다면 높고, 까다롭다면 그럴 수도 있다. 하지만 분명해서 좋다. 황혼의 이상형이 이렇구나, 싶으니 나름대로 의미도 있다. 밝은 표정은 긍정적인 삶의 태도를 말하는 것이고. 낭비벽을 염려하는 것은 사업하면서 치열하게 살아온 사람으로서의 당연한 생각일 것이다. 나이 차이가 다소 나는 것은 그 연령대 남성의 이상형이 그런 것 같다. 자녀가 없었으면 하는 것은 본인도 아들을 결혼시켜서 홀가분한 상태이므로 상대도 그랬으면 하는 것이다. 100만 원 연금은 많은 돈도 아니고, 여성이 그 정도만 있으면 남성에게 지나치게 의존적이지 않을 수 있고, 늦게 만나는 사이일수록 그동안 지내 온 자신만의 세계가 있을 것이고, 굳이 말하고 싶지 않은 지출도 있을 수 있기 때문이다. 운전과 골프 정도 할 줄 알면 미국에서 좀 더 편하고 재미있게 살 수 있어서 그러는 것이라고 해석했다.

나라도 찾기 쉽지 않은 조건이다. 남성들이 갖는 일종의 로망일 수도 있다. 그런데 경험상 바라는 것이 많다고 되지 않는 것이 아니다. 특이한 조건을 100가지 제시해도 잘되는 사람이 있고, 1~2가지라도 되지 않는 사람이 있다. 그건 본인에게 달렸다. 스스로 그만한 역량이 있으면 만나게 된다. 그 판단은 남성을 직접 만나 봐야 알 수 있을 것 같아 면담을 청했다.

며칠 후 그분이 한국에 왔다. 한달음에 먼 길을 온 그분의 재력과 상황도 그렇지만, 그만큼 재혼에 대한 열망이 강했던 것이다. 바로 눈앞에서 마주 본 그분의 인상은 내 생각과 다르지 않았다. 또렷한 눈빛, 건강미, 신중한 몸짓, 반면에 사업가다운 추진력도 있다. 이런 분은 이상형을 만나기는 어렵지만, 일단 만나면 결혼할 가능성이 크다. 남성으로서의 매력도 있고, 결혼할 준비가 되어 있기 때문이다. 그분에게 중매를 해 주겠다고 하면서 단서를 달았다.

"선생님도 그 연령대 킹카시지만, 찾으시는 여성분도 대한민국에서는 그 연령대 퀸카입니다. 찾는 데 시간이 걸릴 수 있고, 난관도 예상됩니다. 저를 믿고 기다려 주실 수 있으시겠어요?"

"물론입니다. 10년 이상 혼자 살아왔습니다. 이제 와 서두를 이유가 없죠."

이렇게 해서 황혼 킹카남의 재혼 프로젝트가 본격 가동되었다. 56~61세 사이의 여성 중에서 남성이 원하는 조건을 갖춘 분을 찾아 나갔고, 10여 명으로 좁혀진 범위에서 우선 네 명에게 만남을 요청했다. 첫 번째 여성은 남성 쪽에서 같은 성씨라고 거절했다. 두 번째 여성은 10년 이상 나이 차이가 나서 부담스럽다고 여성 쪽에서 거절했다. 세 번째 여성은 인상이 마음에 안 든다고 남성이 거절했다. 네 번째 여성은 남성 쪽에서 생각해 보겠다고 기다리는 중이다. 그렇게 보니 남성은 일곱 가지 조건 외에도 외모까지 본다고 할 수 있으니 훨씬 더 기준이 높아졌다. 그래서 내 어깨도 더 무거워졌다. 우주인의 침입이 없는 한 100세 산다는 광고가 충분히 이해되는 세상이다. 100세까지 산다는 것이 이상할 게 없다. 그렇게 보면 69세인 그분에게는 길면 30년 더 남았는데, 그 긴 세월을 혼자 산다는 것은 너무 가혹하다. 과연 69세 킹카 황혼 재혼남이 찾는 여성이 등장할까?

그분의 재혼 결심을 격려해 주고 싶다.

딸 셋 둔 이혼녀의 인생역전

10년도 더 된 일이다. 미국에서 가입한 회원 중에 이혼녀가 있었다. 여성은 인상도 좋고, 착하고, 똑똑한, 한마디로 버릴 게 없는 괜찮은 사람이었다. 하지만 딱 한 가지 이유 때문에 번번이 소개가 안 되는 상황이었다. 그녀가 딸 셋을 양육 중이라는 것이었다. 자녀 한 명도 재혼하기에 어려운 조건인데, 자녀가 셋이나 됐으니 만남조차 이뤄지기가 힘들었다. 하지만 여성이 생활력이 강하고, 수완이 있어 무슨 일이든 잘해 냈기 때문에 그 부분을 어필했고, 드디어 두 남성과 만남이 이뤄졌다.

남성1은 키도 작고, 작은 편의점을 운영하는 평범한 사람이었는데, 결혼 경력이 없는 싱글이었다. 남성2는 이혼남으로 키도 큰 편이고, 일정한 수입이 있어 남성1보다는 경제적으로 조금 더 안정된 상태였다. 두 사람 모두 원하는 이성상이 있었지만, 조건이 평범한 남성들이 외모가 좋거나 나이 차이가 나는 여성을 만나기는 어려웠다. 이상을 쫓기보다는 생활력 강하고, 능력 있는 여성을 만나 함께 발전하는 현실적인 선택을 하라고 제안했다.

여성은 남성1과 결혼했다.

그리고 긴 세월이 흘렀고, 얼마 전 그녀와 연락이 닿았다. 내가 미국에 있는 것을 알고, 센터로 전화를 한 것이다. 그녀가 예약을 한 장소는 고급 레스토랑이었다. 10여 년 전의 인연으로 식사 한 끼 하기에는 다소 과하다는 생각이 들었는데, 여기로 초대한 이유가 있겠거니 생각했다. 물론 이유가 있었다. 여성의 등장은 화려하고 놀라웠다. 10만 달러가 넘는 고급 승용차를 타고 왔고, 시간이 거꾸로 흐른 듯 10년 전보다 더 젊어진 모습이었다. 내심 '부부가 합심해서 열심히 일해 성공했구나.' 싶었다.

"지금 하시는 사업은요? 잘되죠?"

"작은 식당을 하는데, 그럭저럭 먹고살만 해요."

'작은 식당을 하는데, 이런 고급차를 몰고 다니나?' 이렇게 나의 의문은 이어졌다.

"정말 좋아 보이세요. 이제 완전히 자리 잡고 성공하셨나 봐요."

"다 딸들 잘 둔 덕분이죠."

얘기를 들어 보니 딸 셋이 다 잘 자라서 잘 지내고 있었다. 큰 딸과 둘째 딸은 모두 명문대를 나왔고, 각각 의사와 대기업 연구원과 결혼했다. 싱글인 막내딸은 예술사업을 하는데, 크게 성공했다. 막내딸이 부모의 집도 사 주고, 차도 사 주고, 새 아버지의 식당도 차려 줬다고 한다. 두 사람 사이에는 아들이 하나 있는데, 늦둥이 크는 걸 보는 행복도 크다면서 환하게 웃었다. 이들 부부에게 자식들은 보물 같은 존재였다. 몇 명의 남성들은 여성의 인상이 좋아서 대시했다가 딸 셋 있다는 소리에 식겁하고 물러섰고, 이 남성만 여성을 선택했다. 남성은 인생의 중요한 선택을 해서 로또에 당첨된 것에 맞먹는 행운을 거머쥐었다. 배우자를 잘 만나는 것도 인생에서 큰 성공이라고 할 수 있다. 지극히 평범하게 살 수도 있었던 남성은 현실적인 선택을 해서 매우 풍요로운 생활을 하고 있다. 여성 또한 조건은 그다지 좋지 않아도 성실하고 가정적인 남성을 만나 안정된 가정을 갖게 됐고, 그 보살핌 속에 자녀들도 잘 자랄 수 있었다. 옛날에는 아들이 집안을 일으켰지만 이제는 딸, 아들 구별도 없어진 데다가 딸들이 부모의 듬직한 보호자가 되는 세상이 됐다.

막내딸에 대해 물어봤다.

"사업하느라 워낙 바빠서 결혼 생각은 없는 것 같아요. 언니들처럼 결혼해서 잘 살면 좋겠지만, 그게 뭐 부모 마음대로 되나요."

"능력 있고, 잘 나가는 아내 서포트하는 트로피 남편들도 많아요. 따님도 그런 남성을 만나면 잘 맞겠어요."

"그런 남자 만나기가 어디 쉽나요."

자녀의 결혼은 부모의 마지막 인생 숙제다. 자기 분야의 탑으로 우뚝 선 자랑스러운 딸이지만, 사랑하는 사람과 함께 하는 행복도 알게 해 주고 싶은 게 부모 마음이다. 여성이 싱글로 살았다면 이런 행운과 행복이 있었을까 하는 생각이 들었다. 그녀의 인생 역전은 고급 레스토랑에 나를 앉혀 놓고 실컷 자랑할 만했다.

이런 결혼 저런 결혼, 별의별 결혼·결혼·결혼

35번 거절당한 여성

이성을 만나는 고민이 큰 사람들이 많다. 다양한 인연과 만남이 있는데, 가장 좋은 것은 대학 시절에 만나 오래 교제한 캠퍼스 커플(CC)이다. 이런 커플들은 동지 같은 관계가 형성돼 결혼생활을 잘해 나간다. 남자가 도박, 부도, 외도 등 실망을 주고, 신뢰를 저버리는 일이 없으면 결혼생활 어려워도 잘 이겨 낸다. 어린 나이의 만남은 서로 잘 아는 사이라서 상대를 잘 파악하지 못해서 발생하는 위험이 적은 편이다. 반면 사회에서의 만남은 간단하지 않다. 일찍 만났다가 오랜 공백 끝에 사회에서 다시 만났다면 아마 두 사람은 잘 안 될 가능성이 높다. 사회생활에서 아는 게 많아지다 보니 바라는 것도 많아진다.

몇 가지 조건이 맞으면 만나 보면 좋은데, 대부분 조건을 다 채 우려고 한다. 그래서 만남은 어렵고, 결혼은 더더욱 어렵다.

37번 만났는데, 35번을 상대로부터 거절당한 여성이 있다. 그러니까 서로 호감을 갖고 발전한 경우가 37건 중 2건밖에 안 된다는 얘기다. 부모님을 만났을 때 그 인품에 기대하는 바도 컸다. 결혼성사가 잘되면 충분한 보상을 받을 수 있을 것으로 생각했던 것이다. 여성은 30대 후반, 평범한 직업이었다. 실제 만남 과정은 어려웠다. 보통 5-6명을 소개하는데, 그 5배가 넘어가도록 결과를 내지 못한 상태로 3년이 흘렀다. 그사이에 여성을 담당했던 커플매니저는 중압감을 이기지 못해 퇴사하고 말았다.

결국 내가 나섰고, 37번째 만난 남성과 결혼했다. 그리고 기대했던 대로 부모님의 사례를 기다렸다. 오랜 시간에 걸쳐 어렵게 결혼을 시켰고, 부모님으로서도 큰 고민이었던 딸이 결혼을 했으니 당연히 큰 보상을 해 줄 것으로 생각했는데, 연락이 없었다. 우리가 너무 고생을 했기에 그냥 넘어갈 수는 없었고, 아버지한테 얘기를 했더니 아버지는 "뭘 한 게 있다고 사례비냐?"라고 일언지하에 거절했다. 우리의 노력을 폄하하는 아버지의 말에 화가 났다. 사례비의 차원이 아니라 자존심의 문제로 확대됐다.

열심히 설명을 했더니 아버지는 "대표한테는 못 주겠다. 매니저한테 주겠다."라고 했다. 그러면서 "신성한 결혼을 상업화하느냐?"라고까지 했다.

이 여성의 만남과 결혼은 몇 가지 의미를 갖고 있다. 시간이 흐를수록 배우자 만남은 어려워진다는 것, 하지만 사람은 짝이 있으므로 기다리고 노력하면 만난다는 것이다. 그리고 또 하나, 사례하지 않는 부모에게 서운함이 있지만, 그래도 그 여성이 결혼한 것으로 그런 감정을 털어 버렸다는 것이다. 37명이나 만났는데, 결혼하지 못했다면 안타까움이 컸을 것이고, 그 뒷모습을 어떻게 보겠는가. 여성의 결혼을 축복하면서 많은 감정을 가슴에 묻었다.

리처드 기어 71세, 김용건 씨 75세

배우 김용건 씨와 39세 연하 여성의 만남과 임신 등을 둘러싼 여러 얘기가 들려 왔다. 연애, 사랑, 남녀관계는 당사자가 아니면 절대 평가할 수 없고, 거론해서도 안 된다고 생각한다. 당사자의 프라이버시와 인생이 걸린 문제이므로 존중돼야 한다. 가급적이면 얘기하지 않는 남녀의 사적인 문제인데도 관심을 갖게 된 것은 나이 차이가 큰 커플의 출산은 앞으로 더욱 많아질 수도 있는 현상이기 때문이다.

할리우드 스타인 리처드 기어는 지난해 71세의 나이에 34세 연하의 배우자와의 사이에서 아들을 낳았다. 내가 주선한 만남 중 나이 차이가 가장 많은 커플은 서른 살 차이였다. 60대 남성이었는데, 하나뿐인 아들을 불의의 사고로 잃은 후 출산이 가능한 상대를 원해서 30대 여성을 소개했다.

나이 차가 큰 커플의 출산은 세 가지 고려해야 할 점이 있다. 첫 번째, 여성의 입장에서 봐야 한다. 두 사람의 관계가 절정에 이르고, 서로에 대한 감정이 무르익었을 때 출산을 하는 경우가 많다. 그 시점이 지나면 나이 차가 큰 부부는 일반적인 커플보다 관계의 변화가 빠르게 진행되는 경향이 있다. 감정적으로 빨리 쇠퇴하거나 신체적으로 만족을 못하거나 하는 문제를 극복해야 한다. 또 자녀의 입장도 고려해야 한다. 리처드 기어와 김용건 씨의 경우 아이가 열 살이면 아빠는 81세, 85세가 된다. 아이를 번쩍 들어 목마도 태워 주고 야구나 축구를 하며 같이 놀아 주기 힘든 연령대가 된다. 자녀가 성년이 지나고 인생에서 진로를 선택하고, 중요한 결정을 내릴 때 아빠는 90대가 된다. 의학의 발달로 수명이 연장됐다고 해도 100세, 110세까지 살기는 어렵다. 그렇게 장수하는 사람을 주변에서 본 적이 거의 없다. 아이가 아빠와 함께 할 수 있는 시간은 2~30년에 불과하다. 아빠의 입장은 어떤가. 아이가 태어나면 그 귀여운 모습에 절로 행복할 것이다. 자녀의 존재는 부부 사이를 더욱 끈끈하게 이어 준다. 하지만 그런 행복도 잠시, 아이는 점점 크는데, 아빠는 반대로 점점 노쇠해진다. 자녀를 돌봐줄 수 없다는 것은 큰 절망이고, 형벌이 될 수도 있다.

고령화 시대에 지금의 60, 70대는 옛날의 할머니, 할아버지가 아니다. 올드(old)가 아니라 욜드(yold; young+old), 그러니까 정신과 체력적으로 젊게 보이고, 스스로도 그렇게 생각한다. 이런 상황에서 나이 차가 큰 만남은 더 많아질 것이고, 황혼 출산도 어쩌면 자연스럽게 받아들여지는 때가 올 것이다.

그럼에도 늦은 출산은 부부 두 사람과 자녀의 입장을 모두 고려해서 신중하게 결정해야 한다는 생각이다.

영국 여왕 내외… 100세 시대, 부부관계 재정립 필요

2021년 4월 9일 별세한 엘리자베스 2세 영국 여왕의 남편 필립공이 같은 달 17일(현지 시간) 영면에 들었다. 74년을 해로한 두 사람은 영국 왕실 역사상 결혼생활을 가장 오래한 부부로 기록됐는데, 그런 기록이 가능했던 것은 필립공의 특별한 외조였다. 그는 당시 공주였던 여왕과 결혼하기 위해 그리스·덴마크 왕위 계승권을 포기했고, 국적과 종교를 바꿨다. 이 부부는 여왕과 남편이라서가 아니라 74년 결혼생활에 의미를 두고 싶다.

고(故) 김종필 전 국무총리는 먼저 세상을 떠난 아내와 결혼생활을 64년 동안 했는데, 생전 한 인터뷰에서 "60년간 한 사람만 바라 본 난 멍텅구리라고 말하자 아내가 한 여자만 바라본 게 어디 당신뿐이냐며 면박을 줬다."라고 말하기도 했다.

이혼을 많이 하고, 또 빨리 헤어지는 세태에서 한 여자, 한 남자만 바라보고 살기도 어렵고, 누군가의 평생일 수도 있는 긴 세월을 함께 살았다는 것은 더 특별하다. 주변에 80대, 90대 고령자들이 많은데, 이들 세대는 지금과는 달리 일찍 결혼했기 때문에 결혼 50년, 60년 된 부부들도 꽤 있다. 이제는 부모, 조부모 세대보다 결혼연령은 훨씬 높아졌지만, 그만큼 수명이 연장되면서 그들 부모 세대처럼 긴 결혼생활을 하는 것이 어려운 일이 아니게 된다. 높은 이혼율을 감안하더라도 부부의 절반 이상이 결혼상태를 유지한다고 하면 50년, 60년, 70년 사는 커플들도 많아진다. 그렇다면 부부관계의 재정립도 생각해 봐야 할 부분이다.

결혼 25년이 된 어느 부부는 '지난 25년처럼 다가올 25년을 살 수 있을까?'에 대해 진지하게 얘기했다고 한다. 어느덧 성인이 된 3남매는 은혼식을 열어 주면서 "그동안 저희 키우느라 힘드셨는데, 이제는 부부로서 서로를 아끼면서 사시면 좋겠어요."라고 말한 것이 계기가 됐다.

사실 이 부부는 성격 차로 인한 갈등을 겪어 왔는데, 부부로서 어떻게 살지에 대한 고민의 순간에 직면한 것이다. 부부는 '내 삶을 살고 싶다. 하지만 가정을 잃고 싶지는 않다.'라는 결론에 도달했고, 그래서 선택한 것이 **졸혼**이다. 1년 정도 따로 지내되, 가족 구성원으로서 책임을 지며 유대관계를 갖는 것이다.

아직 60세가 안 된 부부는 건강하다는 전제하에 20년 이상은 살 수 있다. 같이 살기 싫다고 해서 이혼밖에 방법이 없는 것이 아니라 이런 식으로 서로 떨어져 지내 보는 것도 앞으로를 위해 필요하다. 이미 결혼한 부부들은 오래 함께 살 것을 고민해야 하지만, 싱글들은 잘 맞는 배우자를 만나는 것이 관건이다. 50년 이상 매일 보고 살려면 처음에 상대를 잘 만나는 게 중요하다. 서로 뜻이 맞지 않는 남녀가 함께 사는 것은 매우 고통스러운 일이다. 살다가 안 맞으면 헤어지면 그만이라고 하지만, 현실적으로 이혼은 절대 쉬운 일이 아니다. 많은 부부가 이혼하고 싶어도 복잡하고, 돈이 들기 때문에 하지 못한다.

이혼을 예상하고 결혼하는 사람은 없다. 평생의 배우자를 만나기를 원한다. 그러려면 대화가 통해야 하고, 속궁합도 맞아야 하고, 음식과 라이프 스타일 등도 고려해야 한다. 생각해야 할 것들이 많아질수록 결혼하기가 힘들어진다. 그래서 '뭣 모를 때 결혼하는 게 좋다'라는 말들도 하지만, 천만의 말씀이다. 결혼이야말로 뭘 알 때 해야 한다. 게다가 100세 시대에 함께 오래 살아야 하니 35세, 40세도 결코 늦은 나이가 아니다.

이렇게 결혼의 패러다임이 바뀌고 있다.

30세차 남녀 결혼성사, 잘한 걸까?

30년 동안 치열한 결혼현장에서 얼마나 많은 사연들과 드라마틱한 일들을 경험했겠는가. 최근 인도네시아에서 58세 신랑과 19세 신부가 결혼한다는 외신을 접하고 나이 차이 나는 결혼을 한 여성이 생각났다. 잘 살고 있을 거라고 생각하고, 잘 살기를 바라는 마음인데, 내가 주선한 그 결혼에 대해 잘한 것인지, 아닌지 평생의 물음표가 될 것 같다.

미국에 거주하는 60세 남성이 있다. 미국에서 사업으로 크게 성공한 그는 결혼해서 4대 독자 외아들을 낳았는데, 불의의 교통사고로 아들을 잃고 말았다. 이후 부인과 이혼한 그는 실의에 빠져 살다가 다시 가정을 갖고 싶다는 생각을 하게 됐다.

그래서 2세를 낳을 수 있는 연령대 여성을 만나기를 원했고, 만일 결혼이 성사되면 상대 여성과 가족들에게 전폭적인 지원을 해 주겠다는 조건도 제시했다. 출산이 가능한 나이는 30대인데, 그렇다면 나이 차이가 25~30세 차이는 날 텐데, 그런 만남이 가능할까를 생각했다. 그러다가 남성의 인품이 좋고, 큰 성취를 이뤘으니 도전해 볼 만하다는 판단이 섰다. 이 남성과 만날 수 있는 여성들을 떠올리다가 생각나는 사람이 있었다. 몇 년 전 제주도에 갔을 때 여성 몇 명이 나를 알아보고 인사를 하길래 함께 사진도 찍고 연락처를 교환한 적이 있었다.

그 후 1년쯤 지나서 그중 한 여성으로부터 연락이 와서 멘토식으로 상담을 해 주면서 가끔 통화를 하고 있었다. 당시 그녀는 가정형편도 어렵고, 다니던 직장도 그만둔 상황에서 미래에 대한 불안함을 호소했다. 그녀는 결혼을 통해 삶의 돌파구를 만들어 보겠다는 결심을 하기에 이르렀는데, 현실적으로 그녀가 한국에서 그런 기회를 갖기는 힘들었다. 그렇게 고민만 하면서 시간은 자꾸 흘러가고 있었는데, 그렇다고 그녀가 몇 년 새에 성취를 이뤄서 결혼할 가능성도 적었다. 여성의 고민을 해결해 주고 싶어 과연 그녀가 이룰 수 있는 가치는 무엇일까, 어떤 배우자를 만날 수 있을까를 생각하던 차에 남성의 연락을 받은 것이다. 이런 만남도 가능하지 않을까 해서 조심스럽게 얘기를 했더니 여성이 의외로

긍정적인 반응을 보였다. 현실을 극복하고 싶은 강한 의지가 서른의 나이 차이에 대한 망설임을 넘어선 것이다. 두 사람을 서로에게 소개했고, 미국과 한국에 거주하는 까닭에 전화와 메일을 주고받다가 여성이 미국에 가서 남성을 만나고, 남성이 한국에 오고, 그렇게 몇 달 후에 결혼을 했다.

이후 얼마간은 잘 산다는 소식을 들었는데, 그 후 몇 년이 지났다. 지금도 가끔 소식이 궁금하고, 연락을 해 볼 수도 있지만, 알 수 없는 두려움과 미안함이 있어 선뜻 하지 못하고 있다. 두 사람은 서로 원하는 부분을 채워 줄 수 있는 관계였고, 그래서 나이 차이를 초월한 결혼을 했다. 하지만 일반적인 상식에서 벗어나기 때문에 내가 두 사람의 만남을 주선한 것이 세월이 지나서 어떤 평가를 받을까 하는 고민이 되기도 한다.

10세차가 상한선인 여성에게 20년 연상을

최근 '원숭이도 나무에서 떨어질 때가 있다'라는 것을 실감하게 된 일이 있었다. 순전히 나의 실수로 열 살 차이까지는 만남을 수용하겠다는 여성에게 스무 살이나 차이 나는 남성을 소개한 사건이 발생한 것이다.

1년 전 내 친구가 가볍게 식사나 하자며 연락을 해 와서 광화문에서 만났는데, 그 자리에 선배가 동석을 했다. 알고 보니 나이 들어 혼자 사는 선배가 안쓰러워 나에게 소개를 부탁하려고 만든 자리였다. 선배는 1944년생으로 자녀 없이 이혼을 했다. 외국에서 사업에 성공한 후 국내에 정착했는데, 매너 좋고 성격도 좋고 원만한 사람이었다. 선배가 먼저 자리를 뜬 후 친구에게 "저렇게 좋은 분이 왜 혼자가 됐냐?"라고 물었을 정도로 호감 가는 사람이었다. 친구에게서 선배가 혼자 된 이유를 들었는데, 안타까운 개인사라는 정도로만 밝히겠다. 느낌 좋은 만남이었지만, 회원으로 만난 게 아니었고, 소개에 대해서는 가볍게 몇 마디 오고갔기 때문에 그날 이후 그 사실을 잊어버렸다. 그리고 1년이 지났다.

최근 64년생 재혼여성이 상담을 의뢰했다. 수수하고, 검소한 분위기의 그녀는 사별 후 혼자서 남매를 키웠다. 현재 50대 나이, 60년대생 여성들이 싱글이 되어 특별한 자격증이나 기술 없이 자녀를 키웠다면 얼마나 열심히, 성실하게 살아왔는지 짐작이 된다. 재혼을 생각할 겨를도 없이 개인의 행복마저 잊고 살았던 그녀는 이제 자녀들이 성장해서 한숨 돌리게 되면서 자신의 미래를 생각하게 된 것이다.

"사람이 좋으면 나이 차이가 좀 나도 괜찮아요. 열 살정도까지는요."

그녀는 오늘을 즐기면서 편안하고 여유 있게 살고 싶다고 했다. 가족의 생계를 책임지고 늘 빠듯하게 살아온 그녀로서는 당연하게 드는 생각일 것이다. 다음 날 새벽에 눈을 떴는데, 갑자기 1년 전 만났던 친구의 선배가 떠오른 것이다. 그 여성이 1964년생이니까 열 살 차이면 1954년생, 그리고 경제력 있는 남성, 이런 검색어를 머릿속에 입력한 결과 '그 선배면 되겠다.'라는 생각이 들었다. 1년 전 만남이었고, 선배의 프로필을 정확하게 기록한 것이 아니라 기억을 되살리다 보니 혼선이 생겨 1944년생을 1954년생으로 착각한 것이다.

양쪽에 상대를 설명하니까 좋다고 해서 서울 모처에서 만나기로 약속을 정했다. 여성은 경제적으로 안정적인 남성을 만나 여생을 여유 있게 보낼 수 있고, 남성은 사회적, 경제적 성공을 함께 누릴 사람이 아무도 없었으니 자녀 있는 여성을 만나면 본인이 꿈꾸던 가정을 가질 수 있는 좋은 기회였다. 친구에게 이 소식도 전하고, 생색도 좀 내려고 전화를 했다. 얘기 끝에 한 번 더 확인하려고 물었다.

"그 선배님 54년생 맞지?"

"어? 무슨 소리야? 44년생인데."

갑자기 머리가 띵하면서 아득해졌다. 두 사람 나이 차이가 열 살이 아니라 무려 스무 살이었던 것이다. 만남 주선자가 당사자의 나이조차 제대로 알지 못했으니 변명조차 할 수 없는 큰 잘못을 저지른 것이다. 선배에게 먼저 전화를 했다.

"오래전이라 기억이 잘 안 나서…."

"여성 분에게 제 나이를 잘못 얘기하신 건가요?"

"네, 제가 큰 실례를 했습니다."

"나는 괜찮으니 빨리 그분에게 사실을 말씀드리는 게 좋겠습니다."

생각을 가다듬고 여성에게 전화를 걸어 이 상황을 설명할 타이밍을 찾았다. 여성이 느낄 실망감이 상상이 가서 너무 미안한 마음이 들었지만, 이런 일일수록 늦춰서는 안 되기에 입을 열었다.

"남성 분이 나이보다 10년은 젊어 보여서 제가 이런 실수를 했습니다."

"10년이 젊게 보인다면 그분이 저보다 스무 살 많으시다는 거죠?"

"네, 놀라셨죠?"

"솔직히 좀요. 친정 엄마가 저랑 나이 차이가 스물한 살 나는데."

생각보다 유연하게 말하는 여성의 대응에 이 노련한 사냥꾼이 분위기를 감지했다. 여성의 반응에서 1%의 가능성을 발견했다고 할까? 어쩌면 여성이 이 만남을 이해할 수도 있겠다는 느낌이 왔다.

"이분은 정확히 자기 상황을 설명하라고 하셨어요. 정 용납이 안 되신다면 얼마든지 없던 일로 하면 된다고요."

"인생 경험이 많으셔선지 마음이 넓으시네요."

"사실 남녀 만남은 만나 봐야 아는 것 같습니다. 특히 나이는 만난 다음에 판단하는 것이라는 말씀 꼭 드리고 싶습니다."

"대표님이 소개하셨으니 100% 좋은 분이실 거라고 믿어요. 그럼 저도 그분을 만난 다음에 판단해 보겠습니다."

두 사람이 서로에게 꼭 필요한 존재라는 확신이 든다. 두 사람의 나이 차이를 알았다면 만남 주선을 할 엄두조차 못 냈을 것이다. 내 실수가 반전의 기회가 된 것 같다.

결혼과 콩깍지

'눈에 콩깍지가 씌었다'라는 표현이 있다. 보통 사랑에 빠져 물불을 못 가리는 상태를 말한다. 의학적으로 보면 이런 상태에서 분비되는 페닐에틸아민(PEA)이라는 호르몬은 이성을 마비시키고 열정, 흥분, 긴장 등의 감정을 유발한다. 일종의 천연 각성제라고 한다. 상대를 갈망하고, 감정이 최고조에 이르렀을 때는 맹목적이 되는 경향이 있다. 그럴 때 중요한 결정을 하는 것이 위험할 수도 있는 이유다.

내 주변에는 참 안타까운 생각이 들게 하는 여성 A가 있다.

A는 30대 중반으로 20대 때 미인대회에 나갔을 정도로 외모가 출중하고 스타일이 좋다. 화목한 가정에서 성장해 마음은 또 얼마

나 고운지 모른다. 직장생활을 하면서 저축한 돈과 부모의 지원을 합해서 2억 원 이상 현금도 갖고 있다. 하나에서 열까지 꽉 찬 사람이다. 호감을 표시한 남성들도 꽤 있었고, 며느리 삼겠다는 주위의 얘기도 많이 들었으니 부모의 기대와 자부심도 컸다. 그러던 중 A는 어느 남성과 사랑에 빠졌다. 그는 명품 옷을 즐겨 입고, 세련된 스타일과 매너로 눈길을 끄는 사람이었다. 늘 밝은 표정, 자상한 말투로 A를 대하니 푹 빠질 수밖에 없었다. 좀 더 신중하게 결정하라며 부모가 브레이크를 걸었지만, A의 결심은 확고했다. 결국 사귄 지 몇 달 만에 두 사람은 결혼했다. 하지만 꼬리가 길면 잡힌다고 결혼할 무렵 남성의 실체가 드러나기 시작했다. 그는 보증금 없는 월세 집에 살면서 가족의 집인 것처럼 A를 속였다. 물론 모아 둔 돈도 없었고, 명품 의류와 신발이 전 재산이었다.

A는 놀라고 실망하긴 했지만 '둘이 서로 사랑하니까' 다 잘될 것으로 낙관했다. 가정이 생기면 남편은 책임감으로 열심히 살 줄 알았다. 결혼 후 A가 저축한 돈으로 집을 마련했다. 남편은 한 푼도 보태지 않았다. 중도금 걱정도 A의 몫이었다. 아이를 둘 낳았지만, 남편은 달라지지 않았다. 살아 보니 A가 알고 있던 남편의 모습은 모두 거짓이었다. 자상함과 매너는 여자의 마음을 끌기 위한 수단이었을 뿐이다. 남편은 성질이 급해서 세 마디 이상을 하면 화를 냈다.

“지하철을 탔는데, 어르신들이 좀 크게 대화를 하니까 남편이 시끄럽다고 고함을 치는 거예요. 자기가 필요한 상황이면 매너가 좋지만, 별 볼일 없다 싶으면 막 대하는 이중적인 사람인 거죠.”

결정적으로 남편은 나이도 속였다. 12세 연상으로 알았는데, 17세 차이였다. 자기 나이를 다섯 살이나 더 적다고 한 것이다.

“결혼할 때도, 결혼해서도 빠져나올 수 있는 기회가 몇 번 있었는데 남편이 집요하게 매달리기도 했고 제가 너무 늑장을 부리다가 아이를 둘이나 낳은 다음에야 끝낼 수 있었어요.”

감정이 지배하면 이성이 무뎌지고, 정상적인 판단을 하기 어려워진다. 그래서 미칠 듯이 사랑할 때는 결혼 결정을 하지 않는 게 좋다. 차분하게 상대를 보고, 이성적인 판단이 가능할 때 신중하게 결정해야 하는 게 결혼이다.

망각 속에 찾아온 사랑

엊그제 친분 있는 요양원 원장님으로부터 한 여성의 부고 소식을 전해 들었다. 75세에 세상을 떠난 그녀와의 오랜 인연이 주마등처럼 스쳐 지나갔다.

평생 싱글로 살았던 그녀를 처음 만난 건 25년 전인 90년대 중반으로 당시 나이가 50세였다. 대학 나온 여성이 드물었던 때에 대학을 졸업하고, 회사에 다니던 그녀는 잘나가는 여성이었다. 무슨 연고로 그 나이가 되도록 결혼을 하지 않았는지는 잘 모르지만, 지인의 소개로 나를 찾아왔을 때는 결혼하려는 의지가 강했다. 지적이고, 품위 있고, 능력 있는 그녀가 참 좋아 보여서 어떻게든 소개를 해 주고 싶었다. 하지만 90년대만 해도 50대 여성이 만날 수 있는 남성들은 거의 없었다. 그렇다고 재혼 남성을 소개하기에 그녀의 이상이 높았다. 결국 그녀는 몇 번의 만남도 갖지 못한 채 소개받기를 포기했다. 본인 생각보다 높은 현실의 벽에 좌절하고 만 것이다. 회사에서 은퇴한 그녀는 부모님을 모시고 살다가 두 분이 세상을 떠난 후 쭉 혼자 살았다. 형제자매가 있었지만, 멀리 떨어져 살아 왕래가 적었고, 그마저도 부모님이 돌아가시자 거의 남남처럼 지냈다고 한다. 그러다가 한 5년 전쯤 치매 진단을 받았는데, 공교롭게도 내가 아는 분이 운영하는 요양원에 들어가게 돼서 그분을 통해 가끔 그녀 소식을 들었다. 가족이 있었다면 초기 치매는 치료하면서 집에서 생활하는 것도 어느 정도 가능했을 것이다.

부모님까지 모시면서 형제자매의 짐을 덜어 준 그녀였지만, 정작 치매에 걸린 그녀는 그들에게 짐이었을 뿐이었다. 그래도 그녀가 평생 일하며 모은 재산이 있어 돈 걱정 없이 요양원에서 지낼 수 있었던 게 다행이었다. 그녀를 생각할 때마다 안쓰러웠다. 참 열심히 살았던 사람이다. 회사생활도 성실하게 했고, 부모님도 정성껏 잘 모셨다. 열심히 산 인생 끝이 외로움이다. 참 인생이 덧없다 싶기도 했다. 그러던 차에 들려온 소식은 그녀가 요양원에서 한 남성과 특별한 관계가 됐다는 것이다. 요양원 원장님 말로는 그 남성 역시 치매를 앓고 있는데, 부인과 사별 후 10여 년을 혼자 살다가 요양원에 들어왔다고 했다.

"요양원에서 함께 지내는 부부도 있는데, 그분들보다 더 부부 같아요. 식사도 같이하고, 취미 활동, 치료도 같이 받아요. 잠만 따로 자는 거죠."

여성의 상태는 치매가 진행되어 기억을 많이 잃었다고 한다. 그런데도 알게 된 지 불과 2년 정도밖에 안 된 남성을 대하는 태도가 한결같아서 주변에서도 신기하다는 말을 한다고 했다. 건강하고 정신이 맑을 때는 아무도 못 만났다가 치매가 온 후에 찾아온 사랑을 안타깝다고 해야 할까, 다행이라고 해야 할까? 그래도 그녀가 누군가를 기다리며 비워 뒀을 마음속 빈 집에 찾아온 사람이 있다는 것을 기뻐하고 축복했다.

두 사람은 가족의 동의와 요양원 원장님의 협조로 함께 지내게 됐다. 늙고 병든 두 사람이 서로를 챙겨 주고 아껴 주는 모습은 보기 좋으면서도 마음 짠했다고 원장님은 전했다. 하지만 행복한 시간은 몇 개월 만에 끝났다. 그녀는 폐렴을 앓고 나서 급격하게 건강이 나빠졌고, 갑작스럽게 위독한 상태가 돼 결국 세상을 떠났다. 처음이자 마지막 사랑을 남겨 둔채. 홀로 외롭게 산 세월을 생각하면 사랑하는 사람과 함께 하는 행복을 오래 누리면 좋았겠지만, 그래도 그녀의 마지막 순간이 외롭지 않아서 정말 다행이다.

내가 본 수만 번의 만남이 사랑의 역사다.

소설이나 드라마 같은 삶의 순간순간이 있다. 하지만 이런 낭

만적인 생각도 잠시, 삶은 현실이다. 그녀의 삶은 혼자 노후를 맞이해야 하는 싱글들의 미래일 수도 있다. 늙고 병들었을 때 혼자 그 삶의 무게를 감당해야 한다는 것을 생각해야 한다.

100만 달러 보석 받을 며느리

"사실, 아들이 사귀는 여자가 있어요."

아들의 결혼 문제를 상담하겠다고 온 어머니가 느닷없이 하는 말에 잠시 의아해하다가 이내 상황을 파악했다. 아들의 애인이 마음에 안 드는 모양이다.

"결혼은 당사자의 의사가 가장 중요합니다. 아드님과 먼저 얘기를 해 보는 게 좋겠는데요."

"잘 알죠. 오죽 답답하면 이러겠어요. 며느리 들어오면 줄 게 많은데, 아무나 들어오면 안되니까요."

그러면서 어머니는 가방에서 보석 몇 점을 꺼내 보여 줬다. 보석을 모르는 내가 봐도 화려하고 고급스러웠다. 감탄하며 쳐다보자 어머니는 다시 가방을 열고 뭔가를 꺼냈다.

"더 좋은 건 이거예요."

먼저 본 것들과는 비교도 안 되는 엄청난 보석이 내 앞에 놓였다.

"이런 보석을 직접 보는 건 처음이네요."

"시댁에서 대대로 맏며느리에게 물려주는 가보이지요. 값이 100만 불대이고요."

이 어머니는 국제결혼을 했다. 남편은 타이완 명문가의 장남이다. 대만은 같은 아시아권이어도 한국과 정서가 달라 집안이 장남 중심으로 움직이고 장남에게 많은 재산을 물려준다고 한다. 이 어머니는 시어머니에게서 물려받은 보석들을 며느리에게 물려줄 생각이고, 그래서 아들이 누구를 사귀는지에 더 관심을 쏟을 수밖에 없는 것이다. 지금 이 가족은 미국에 살고 있다.

한국인 어머니와 대만인 아버지 사이에서 태어난 아들은 한국인 여성을 만나고 있다. 아버지는 대만인 며느리를 보고 싶어 하지만, 미국이라는 다문화국가에 살면서 혈통을 따지는 것은 시대에 맞지 않는다는 것이 부부의 생각이었다. 어머니와 같은 한국인 여성을 만난 것이 다행이라면서도 단순한 여자친구가 아니라 결혼을 염두에 두고 있다고 하니 주의 깊게 봐 왔다고 한다. 요즘 20대 젊은이들답게 자유분방하고 활기찬 모습을 이 어머니는 예의가 없다고 느낀 것 같다. 결혼상담은 물 건너간 셈이고, 나는 관찰자 시점에서 어머니의 이야기에 귀를 기울였다. 가풍을 따르자니 며느리감이 성에 안 차고, 반대를 하자니 명분이 부족하다. 어머니에게는 가보의 상징성이 중요하지만, 아들이 만나는 20대 여성에게는 별 의미가 없을지도 모른다. 부모 세대와 자녀 세대는 추구하는 가치가 다르다. 그 차이로 인해 갈등이 생기는 지점이 바로 자녀의 결혼이다. 어머니의 아들이 만나는 여성이 누군지는 모른다. 잘 해결됐으면 하는 마음과 함께 과연 그녀가 100만 달러짜리 보석의 주인공이 될 수 있을지 궁금해진다.

21세기에도 이런 스토리가 살아 숨 쉬고 있다.

공부남과 사업녀

최고의 남녀가 만나면 최고의 커플이 될까?

조건이 좋고 성공한 사람들은 그만한 성취를 이룬 상대를 만난다. 본인들이 원하고, 주변에서도 그런 남녀가 서로 어울린다고 여긴다. 그렇게 보면 두 사람은 누가 봐도 최고의 커플이었다.

남성 A는 IQ가 165나 되는 수재로 엘리트 코스를 밟아 이학계열 박사학위를 받은 후 대기업 연구소에 다니고 있다. 집안에 박사가 수두룩한 것을 보면 그의 명석한 두뇌는 집안 내력인 것 같았다.

여성 B는 대학에서 의류디자인을 전공한 후 사업가로 승승장구하고 있다. 30대 초반에 시작한 의류사업은 연 매출 100억 원대를 기록 중이고, 그녀의 역량과 열정을 믿고 투자하겠다는 이들도 많다. 앞으로 더 쭉쭉 뻗어나갈 수 있는 여성이다.

B를 만났을 때 그녀의 활동을 지원해 줄 수 있는 남성을 만나는 게 좋겠다고 생각했다. 맞벌이를 하면 맞살림, 맞돌봄으로 가정생활을 분담하는 커플도 많다지만, 결혼하면 출산, 육아, 살림 등에서 여성이 감당해야 하는 부분이 많기 때문이다. B가 결혼을 안 했으면 안 했지, 아이 낳아 기르면서 살림할 여성은 아니라고 봤고 실제로 본인의 가치관도 그러했다. 그렇다면 사회적, 경제적으로 성공한 아내를 지원하는 트로피 남편 같은 스타일이 어떨까 싶었다. 하지만 B는 똑똑한 사람이 좋다고 했다. 지적인 남성을 향한 그녀의 열망이 워낙 강해서 A를 소개했다. 그러나 두 사람의 결혼생활은 행복하지 못했다. 그들의 얘기를 들어 봤다.

"혼자 잘났어요. 자기 의견이 다 옳아요. 남편을 경쟁상대로 생각하니 무슨 결혼생활이 되겠어요. 여성다움이라고는 전혀 없고요."

"자기 전공 외에는 다른 데 관심이 없어요. 사업적인 고민이 있어 의논을 하고 싶어도 잘 이해를 못해요. 왜 그 사람더러 천재라고 하는지 모르겠어요."

내 예상과 우려는 현실이 됐다. 똑똑하고 잘났다고 결혼생활도 잘 해내는 건 아니다. 학교에서 1등 했다고 사회에서 1등 한다는 법 없듯 결혼도 마찬가지다. 결혼은 두 사람이 달리기를 해서 승부를 가리는 것이 아니라 서로의 한 발을 묶고 걸어가는 2인 3각 경주 같은 것이다. 서로 마음이 맞지 않으면 한 걸음도 제대로 걸을 수 없다. 서로 빈틈을 보완해 주는 사람들이 만나야 서로에게 중요하고, 필요한 존재가 된다. A와 B를 보면 자신의 분야에서 최고인 남녀가 만났지만, 서로의 빈틈을 살피고 채워 주는 관계는 되지 못했다.

두 사람은 결국, 헤어졌다.

이상형도 까다로운 그녀, 누구와 결혼했을까?

남녀 간 가벼운 만남이 많아지고, 쉽게 결혼해 쉽게 이혼하는 것 같다는 말도 많이 한다. 하지만 결혼 현장에 오래 있으면서 깨달은 점은 쉬운 결혼과 이혼은 절대 없다는 것이다. 특히 우리에게 결혼은 여전히 그 의미와 가치를 수없이 되뇔 만큼 중요하다. 결혼상대의 조건을 꼼꼼하게 따지고, 부모는 자식 결혼 잘 시키려고 백방으로 나선다.

남성의 조건을 굉장히 따지던 여성이 있다. 얼마나 까다로웠는지 매니저들이 두 손 다 들었고, 결국 내가 그 여성을 맡게 됐다. 회원가입을 할 때는 본인이 원하는 배우자상을 얘기한다. 스타일, 나이, 직업, 학벌, 신체조건, 종교, 부모, 가정환경, 취미생활,

심지어 술·담배에 대한 부분까지 자세하게 설명토록 한다. 이 여성은 인상이 좋고, 어떤 남성을 만나도 거절당할 분위기는 아니었다. 그런데도 만남이 잘 안 됐던 이유는 여성의 배우자 조건이 너무 세세해 거기에 맞는 남성을 찾기 힘들었기 때문이다. 여러 조건을 맞춰 주면 다른 조건이 마음에 안 들고, 그 조건까지 맞춰 주면 또 다른 조건을 들어 거절하는 일이 반복됐다. 실제 만남을 가져도 자신이 설정한 전체의 틀에서 조금이라도 어긋나면 바로 거절했다. 이 상태로 가면 결혼을 못할 것 같아서 다른 방법을 찾아내야 했다. 우선 여성과 개인적인 친분을 쌓았다. 차도 마시고, 식사도 한 번 하고, 이렇게 세 번 정도 만나니까 서로 자연스러운 분위기가 됐다. 많은 회원을 만나고 만남을 주선하다 보니 개개인에게 집중하기 힘들다. 한 사람에게 세 번의 시간을 만든다는 게 쉬운 일은 아니었지만, 이게 최선이라면 없는 시간도 내야 했다. 그 얼마 후 작전에 돌입했다.

어느 날 여성에게 생맥주 한잔 하자고 했다.

그러고는 여성에게 얘기는 안 하고, 그 자리로 남성 두 명을 불러냈다. 남성 A는 여성이 원하는 조건은 아니지만, 내가 볼 때 어울리는 조건이었다. A를 소개하는 계획이었는데, 여성에게 미리 전화로 이러이러한 남성이라고 하면 100% 거절할 것이기 때문에 비밀로 한 것이다. 그리고 두 사람만 있으면 어색하니까 분위기 메이커로 나와 친분이 있는 남성 B도 나오라고 했다. B는 여성과의 만남에 전혀 고려되지 않는 사람이었다. 여성을 먼저 만나 "오늘 지인 남성 두 명을 불렀는데, 가볍게 맥주 한잔 하는 건데 괜찮겠나?"라고 하니 여성도 흔쾌히 허락했다. 그렇게 여성, 남성 두 명, 나까지 네 명이 만나 맥주를 마시면서 즐거운 시간을 보냈다. 분위기가 참 좋았다. 그 모임 이후 내 예상대로 여성은 두 남성 중 한 명과 교제를 하고, 결혼하기로 했다. 그런데 결혼상대는 내가 소개하려던 A가 아니라 분위기 메이커로 나온 B였다.

사실 B는 이 여성이 평소 생각했던 배우자의 조건과는 동떨어진 사람이었다. 그래서 그날 모임에도 부담 없이 불러 냈던 것이다. 결론적으로 이 여성의 진정한 이상형은 B였다.

문제는 그다음에 발생했다.

딸을 우여곡절 끝에 결혼시켰으니 아버지가 한 턱 낼 것을 기대하고 연락을 기다렸는데, 소식이 없었다. 그전에는 내가 전화하면 바로 받거나 안 받으면 금방 전화를 하던 분이다. 나중에 들어보니 사윗감이 아버지 마음에 안 들었다고 한다. 조건을 그렇게 따져서 만남조차 힘들었던 여성을 실질적인 이상형을 찾아서 결혼시켰는데, 이번에는 부모의 마음에 안 들었다.

이 세상 배우자 만남은 이런 과정의 연속이다. 참 어렵다.

외도도,
바람도 아닌 것이

유명인의 성 추문이 끊이지 않고 있다. 하지만 어디 유명인들뿐이겠는가. 보통 사람들에게도 드문 일이 아니다. 있어서는 안 되지만, 그럼에도 끊임없이 발생하는 이런 일들에 대해 각자 판단이 있을 것이다. 나는 인간적인 관점에서 얘기해 보고 싶다. 사람이 이성을 그리워하는 것은 본능이다. 사회의 규범과 도덕, 법과 제도가 있어 자신의 본능을 제어하는 것이다. 아마 인간의 역사가 지속되는 한 이런 남녀 문제는 되풀이될 것이다.

몇 년 전 70대 중반의 남성이 재혼을 하겠다고 찾아왔다. 아내와는 1년 전에 황혼이혼을 했다고 한다.

"평생 안 맞는 여자랑 사느라 고생했다오."

"뭐가 그렇게 안 맞으셨나요?"

"말이 안 통하고, 재미도 없고…."

그 남성이 말하는 '재미'가 뭔지, 잠시 생각하다가 성적인 뉘앙스임을 알아차렸다. '정력이 대단한 분'이라는 생각이 들었다. 젊었을 때는 이런 열정과 정력을 어떻게 했을까 궁금하기도 했다. 며칠 후 그 남성의 딸이라는 여성이 찾아왔다. 잔뜩 흥분한 모습이었다.

"그 노인네 재혼, 절대 안 됩니다. 평생 우리 엄마를 송장 취급하더니 결국 버려 놓고 당당하게 새살림을 차리겠다네요."

가족들끼리 잘 의논해서 해결하라는 말로 그 남성의 상담을 마무리했다. 딸의 말로는, 그 남성은 결혼해서 50년 동안 여자 문제가 끊이지 않았다고 한다.

"늙으면 잠잠할 줄 알았는데, 아마 죽을 때까지 저렇게 살 것 같아요."

열정이 넘치는 사람들이 있다. 아니, 열정을 제어하지 못하는 사람들이 있다. 예전에는 잘못된 남녀관계를 공론화하는 것이 어려운 분위기였고, 사회적 묵인도 있었다. 그러나 세상은 변했다. 상징적인 몇몇 사건들이 강하게 각인됐다. 이제는 성 문제에 대한 잣대가 엄격해졌다. 그래도 인간적인 욕구는 변하지 않는다. 이성에게 끌리는 것은 막지 못한다. 이전까지는 억누르거나 잘못된 행위에 대한 단죄 등으로 처리됐지만, 거기서 한발 더 나아가야 한다.

지금 세대는 열정을 추스를 수 있어야 한다. 물론 참는 것이 능사는 아니다. 넘치는 감정을 건강하게 표출할 수 있는 방법을 찾아야 한다. 해답은 각자에게 있다. 내가 아는 40대 기혼여성에게는 20년 가까이 만나 온 남사친(남자사람친구)이 있다. 30대 초반에 소개받은 그 남성과 결혼으로 이어지지는 못했지만, 대화가 잘 통하는 이성친구로 남았다. 남편은 두 사람이 처음 만난 사연을 모른다.

"우리 둘이 고향이 같아서 사회에서 만난 고향친구라고 (남편은)알고 있어요. 내가 가끔 그 친구를 만나러 간다고 하면 남편 욕하러 가느냐고 농담도 하지요."

내가 보기에 그녀는 아주 이상적인 답을 가지고 있다. 젊을 때 만나는 다수의 이성 중 한 명은 결혼상대, 그 외 몇 명은 평생의 이성친구로 만나면 좋을 것 같다. 그게 아니라도 터놓고 얘기할 수 있는 이성친구가 있으면 좋겠다.

살다 보면 술친구가 필요하고, 대화상대가 필요할 때도 있다. 그런 상대가 굳이 이성일 필요가 있느냐고 반문할 수도 있다. 나는 그것이 인간의 본성이고, 이성과의 건강하고 신뢰할 만한 관계 속에서 감정을 발산하는 것이 비뚤어지고 기형적인 성 문제를 줄이는 방법이라고 믿는다.

고차원 결혼 방정식

얼마 전 지인과 나눈 대화가 며칠째 머리에 맴돈다.

그에게는 30대 초반의 아들이 있는데, 지난 몇 년 동안 사귀는 여성을 부모에게 네 차례나 인사시켰다고 한다. 첫 번째는 8세 연상의 외국 여성이었는데, 동거하다가 헤어졌다. 두 번째는 두 살 어린 여성으로 역시 동거를 했다. 3, 4번째로 사귄 여성들과도 동거를 했다고 한다. 지인은 아들이 많은 여성들을 만난 과정을 얘기하면서 푸념처럼 "결혼은 신도 모르는 방정식"이라고 했다. 그 말이 가슴속 깊이 와 닿았다. 그렇게나 연애를 많이 하고, 곧 결혼할 것처럼 하던 아들에게 결혼은 연애만큼 간단한 일이 아니었던 것이다.

남녀 간의 만남은 신도 모르는 영역이라고들 한다.

내가 중매한 부부들을 10년, 20년 뒤에 만나 보면 젊을 때는 잘 맞을 것 같고 행복할 듯 싶던 사람들이 머리가 희끗해져서 서로 반목하는 모습도 보게 되고, 반대로 서로 안 맞을 것 같은 부부가 금실 좋게 사는 모습도 본다. 또 퀸카, 킹카로 불릴 정도로 인기가 많아서 금방 결혼할 것 같던 남녀가 10년이 지나도 짝이 없어 의아한 경우도 있었고, 결혼하기 힘들겠다고 생각한 사람이 몇 개월 만에 결혼하는 일도 있었다. a와 b가 서로 좋아하면 맺어지기가 쉬운데, a는 b를 좋아하고, b는 c를 좋아하고, c는 a를 좋아하는 희한한 일이 벌어지기도 한다.

천인천색(千人千色), 만인만색(萬人萬色)이라고 할 정도로 각양각색 사연이 있어 통계화, 공식화하기 어렵다. 예측 불허의 영역이 바로 남녀의 만남이다. 그래서 남녀를 소개하는 커플매니저 교육에서 가장 강조하는 부분이 '객관적으로 상대를 보는 것'이다. 결혼 문제에서 판단하고 선택하는 데는 옳다, 그르다가 없다. 사람들은 대부분 자신이 살아온 관점으로 상대를 평가한다. 그래서 b는 a를 좋아하지 않지만, c는 a를 좋아하는, 서로 물고 물리는 관계가 형성되기도 한다.

세상의 부부들은 신도 모르는 결혼의 방정식을 풀고 있는 셈이다.

왜 결혼하는가

결혼을 늦게 하거나 하지 않는 사람들이 늘고 있다. '결혼은 선택'이라고 생각하는 싱글들도 많다. 때가 되면 결혼하는 게 당연했던 부모 세대와는 완전히 다른 가치관이다. 취업포털 인크루트가 2021년 성인남녀 849명을 대상으로 '현대인의 가족관(家族觀)'에 대해 설문조사를 실시한 결과 미혼인 응답자의 30.1%는 '비혼주의'라고 답했다. 설문에 참여한 미혼 남녀 10명 중 3명꼴이다. 또 비혼주의라고 답한 응답자 중 여성 비율은 68.7%로 남성보다 훨씬 더 높았다 자발적 비혼주의가 늘고 있는 상황에서 사람들이 결혼을 하는 이유도 궁금해진다.

결혼정보회사 선우는 지난 20년간 자사 회원 1만여 명에게 '왜 결혼하는가?'를 지속적으로 질문했고, 최근 그 결과가 집계됐다. 선우 측은 주제의 특성상 큰 흐름으로 이해되는 것이 더 의미가 있다고 판단해 비율(%)은 생략하고, 순위만 발표한다고 설명했다.

가장 많은 사람들이 답한 결혼 이유 **1위**는 '노년에 외롭지 않기 위해서'였다. 주관식으로 진행된 설문에서 응답자들은 "언젠가 인간은 늙고 병들게 돼 있는데, 그때 가족이 없다면 얼마나 외롭겠나?", "주변 사람들이 다 떠나가도 가족은 남는다" 등으로 답해 결혼으로 맺어진 가족만이 노년의 외로움을 덜어줄 수 있다는 인식을 갖고 있었다.

2위는 '결혼 자체의 행복'이다. 행복해지기 위해 결혼한다는 것이다. "연애할 때 늘 서로 각자의 집으로 가는 것이 정말 싫었다", "혼자보다는 사랑하는 사람과 같이 사는 게 더 행복하지 않을까?"라는 답변이 나왔다.

3위는 '경제적 안정'이다. 21세기의 달라진 결혼관을 반영하는 것으로 부부 양쪽이 경제활동의 주체이며, 경제 공동체라는 가치관을 대변하고 있다. 재미있는 것은 취업포털 인크루트와 알바앱 알바콜의 '결혼 가치관 설문조사' 결과, 결혼 계획이 없는 미혼 남녀 4명 중 1명은 '결혼비용'을 가장 큰 이유로 꼽았는데, 결혼을 하는 이유도 돈 때문이라는 것이다. "둘이 살면 혼자 살 때보다 돈을 더 모을 수 있다는데.", "둘이 같이 벌면 더 낫겠죠?"등의 답변이 있었다.

4위는 '생물학적인 자연의 섭리'이다. 말 그대로 사람은 본능적으로 이성을 찾고, 결혼을 한다는 것이다.

5위는 '2세를 낳아 자신의 유전자를 보존하기 위해서'로 나타났다. 한마디로 2세를 낳기 위해서라는 것인데, 미혼 중에는 "결혼은 안 해도 아이는 갖고 싶다."라고 하는 사람들이 적지 않은 걸 보면 번식의 본능이 결혼 이유로 꼽히는 것도 납득이 된다.

코로나19 덕분이다

코로나19로 우리 사회 대부분의 분야에서 변화가 일어나고 있다. 결혼도 그렇다. 예정된 결혼식을 미루는 경우가 부지기수다. 전국의 예식장 대부분이 문을 닫았다. 원래 5월 결혼 시즌을 앞두고 한창 바빠야 하는 시기에 웨딩업계는 못 살겠다고 아우성이다. 박양우 전(前) 문화체육관광부 장관은 많게는 90% 이상 매출이 떨어진 한복업계를 찾아 대책을 논의하기도 했다. 하지만 지금의 위기는 새로운 출발의 계기다. 우리의 결혼문화와 결혼인식은 바뀌는 추세다. 결혼식만 해도 지금까지는 형식을 추구해 규모가 큰 결혼식, 호화 결혼식을 선호했다. 하지만 코로나19로 인해 결혼식을 연기하는 커플들이 많은데, 이참에 결혼식 규모를 축소하거나 아예 생략하는 커플들도 있다.

온라인 결혼식을 계획한 어느 커플은 모바일 청첩장으로 결혼 소식을 알리고, 서양의 웨딩 레지스트리처럼 물품 목록을 제시해 하객들로부터 축의금 대신 필요한 물품을 선물받겠다고 했다.

신랑 : "연애할 때부터 이런 생각을 했는데, 부모님은 반대하셨어요. 그러다가 코로나 때문에 어쩔 수 없이 허락하셨죠."
신부 : "그동안 많은 결혼식에 축의금을 내셨잖아요. 그걸 회수해서 저희 결혼자금에 보태고 싶어하셨는데, 거의 돈 안 들이고 결혼하게 된 것 만으로도 신혼살림에 큰 도움이 됐는걸요."

두 사람에게는 코로나19가 결혼의 본질을 생각하는 작은 결혼식을 할 수 있는 좋은 기회가 됐다. 결혼의 거품이 빠지고, 실용화되고 있다.

코로나 위기는 배우자를 보는 시각을 바꾸는 계기이기도 하다. 직업이나 학력 등 배우자 기준이 작금의 위기에서는 의미가 없어졌다. IMF 위기 때를 기억해 보면 인기 배우자로 여성은 알뜰하고 야무진 이미지의 탤런트 최진실이었고, 남성은 성실하고 가정적인 영화배우 한석규였다. 세상이 어지럽고 위험해질수록 어떤 상황에서도 흔들리지 않는 정신력과 건강, 가족애가 강한 사람이 돋보인다.

코로나19가 배우자 선택기준의 전환점이 되고 있다. 성실함과 생활력, 가족애를 추구하는 사람이 각광받는 시대로의 전환이다. 30년 이상 사업을 했지만, 지금과 같은 상황은 처음 겪는다. IMF 때도 이 정도는 아니었다. 기성세대도 이런데, 풍요로움과 자유에 익숙한 젊은 세대에게는 더 큰 충격일 것이다. 이런 가운데 만남과 데이트 방식, 배우자 기준, 결혼식 방식 등 결혼문화 전반에서 새로운 인식을 바탕으로 한 **신질서**가 형성되고 있다.

간호사 며느리

코로나19의 재난 속에서 대한민국은 제로 세팅 상황인 것 같다. 사회 체계와 질서가 재편되고, 기존의 인식도 바뀌고 있다. 모든 국민이 코로나19로 인해 큰 피해와 불편을 감수하고 있지만, 특히 의료 현장 최일선에서 사투를 벌이는 의료진의 희생과 노고는 어떤 말로도 표현할 수가 없다. 중매 현장에서 의사와 간호사들을 많이 만났지만, 요즘은 새삼 그들이 빛나 보인다. 아들 중매 상담차 만난 70대 아버지는 처음부터 일편단심 간호사 며느리를 강조했다.

"꼭 간호사 며느리를 보고 싶은 이유가 있나요?"

"아픈 사람을 보살피는 일을 하잖아요. 의학적 지식도 있고요. 가족들이 얼마나 든든하겠어요. 전문직이기도 하고요."

그분은 부인이 암 수술을 받느라 입원했을 때 간호사들을 지켜보면서 좋은 인상을 받았다고 한다. 그래서 회계사인 아들에게 배우자로 간호사를 권했다고 한다. 인생 100세 시대에 의료 시설을 많이 이용하게 되고, 그래서 자주 접하게 되는 직업이 바로 간호사다. 미국에서 간호사는 선호도 높은 직업 중 하나다. 연봉도 높고, 명문대 졸업생들도 많이 지망한다. 물론 남성 간호사들도 많다. 우리나라에서도 배우자로서 간호사에 대한 인식은 좋은 편이다. 간호사는 만남을 갖게 되면 특별한 경우가 없는 한 대부분 결혼을 한다. 결혼확률이 높은 직업인 것이다.

부모들에게 간호사는 인기 며느릿감이다. 나이가 들수록 건강에 걱정과 궁금증이 많아지는데, 간호사 며느리가 옆에 있으면 보호받는 느낌이 든다고 한다. 요즘은 코로나19로 인해 간호사들이 더욱 부각되고 있다. 곁에 있으면 든든하고, 직업으로서 전문성을 갖췄고, 그래서 실속을 찾는 남성들이 선호하는 여성 직업이 바로 간호사다.

바야흐로 **간호사 전성시대**다.

많이 가진 사람의 결혼

가진 게 많은 집안의 경우, 자녀를 일찍 결혼시키거나 당사자 역시 결혼을 일찍 하라고 권하고 싶다. 세상이 공평하다고 느끼는 것이 배우자 만남에서다. 어떤 사람이건 결국 한 사람과 결혼한다. 잘나고, 평범하고, 이런 것은 이성을 만날 기회가 많으냐, 적으냐의 차이일 뿐, 배우자를 만나 느끼는 만족도는 재벌가 자녀건, 평범한 가정의 자녀건 다 비슷하다. 오히려 가진 게 많을수록 배우자 만남에서는 어려운 부분이 생길 수 있다. 그래서 그런 집안일수록 자녀, 내지 당사자들은 결혼을 빨리해야 한다.

며칠 전이다.

경제적으로 성공한 집안이고, 본인 직업도 좋고, 안정적인 남성인데, 30대 후반이었다. 많은 만남이 있었지만, 본인 상황이 워낙 좋다 보니 많은 것을 고려할 수밖에 없었고, 결국 일반적인 결혼연령을 훨씬 지났다. 그러다가 뛰어난 여성을 만났고, 결혼 얘기가 오가는 시점이었는데, 갑자기 헤어졌다. 사연을 들어 보니 남성이 혼전계약서를 쓰자고 했다는 것이다.

"살다 보면 별의별 일이 다 생기는데, 처음부터 확실하게 하고 시작하는 게 좋다고 생각했어요."

"그런 변수를 일일이 생각하면 결혼 못하죠. 살면서 설득할 수도 있는 부분 아니었을까요?"

"주변을 보면 쉽게 만나 어렵게 헤어지는 사람이 많아요. 좀 어렵게 만나더라도 서로 약속하고, 합의하고, 그러고 싶습니다."

외국에서는 이런 케이스가 많지만, 한국은 혼전계약서가 통용되는 분위기가 아니다. 남성은 좋은 의도였다고 해도 여성 입장에서는 납득하지 못하는 건 당연했다. 남성도 이해되고, 여성도 이해됐다. 가진 게 많다는 것은 지킬 게 많다는 것이다. 이혼이 많다 보니 결혼할 때 여러 가지 변수나 이혼 가능성을 고려하고, 준비하는 사람들이 많다. 그러니 결혼 자체가 어려워지는 건 당연하다. 이 커플이 좀 더 어릴 때 만났으면 헤어지지 않았을 수도 있다. 세상 물정을 잘 모를 때, 조건을 많이 안 따질 때, 그리고 눈에 콩깍지가 씌였을 때 만나 시간을 두고 교제를 하고 서로에 대한 신뢰가 쌓였으면 결혼할 수 있었을 것이다.

신혼의 식상함은 있을지 모르지만, 안정적인 결혼생활을 할 수 있었을 것이다.

그 여성 외교관은
외조남을 만났어야 했다

28년 동안 10만여 명을 만났고, 3만 명 넘게 결혼시키면서 특히나 기억에 남는 건 혼자 돌아서던 쓸쓸한 뒷모습, 실망하던 표정, 아쉬움의 목소리들이다. 결혼하고 싶어서 나를 찾아오는데, 원하던 상대를 만나지 못했을 때 그 심정이 어떨지 잘 알기 때문이다. 때로는 인식과 관습의 벽에 막혀 정말 유능하고 좋은 사람이 결혼은커녕 만남조차 되지 않는 경우에는 문제의식을 절실하게 느끼기도 한다. 10년이 넘었는데도 기억이 생생할 만큼 가장 미안한 만남 중 하나가 있다.

30대 초반의 여성 외교관의 소개를 진행한 적이 있다.

당시는 국내 근무가 얼마 남지 않았고, 몇 달 뒤에 해외 공관으로 발령이 날 것이라고 했다.

"이번에는 어디서 근무를 하시게 되나요?"

"아직 미정인데요. 험지가 될 수도 있어요."

"험지라면?"

"아프리카, 중앙아시아 그런 곳이죠."

"아프리카요?"

"외교관들은 순환근무제라서 2~3년 단위로 옮겨 다녀야 해요."

"……."

말문이 막혔다. '결혼은커녕 만남도 힘들겠구나.'라는 생각부터 들었다. 머릿속으로는 이 여성을 누구와 만나게 할지 복잡하게 거미줄이 얽히고 있었지만, 얼마 후에 어디가 될지 모르는 해외로 부임하는 여성 외교관에게 소개할 만한 남성은 거의 없었다. 국내 최고 명문대를 졸업하고, 누구나 선망하는 분야에서 활동하는 이 유능하고 멋진 여성에게는 전문직종 남성이 어울리는데, 그런 남성들이 자기 일을 두고 여성을 따라 해외에 가기는 어렵다. 한국 결혼문화 특성상 대부분 남편의 직업을 중심으로 거주지가 결정되는 경향이 있기 때문이다. 겨우 몇 번의 만남을 성사시켰지만, 예상대로 여성을 따라 해외로 이주하거나 굳이 장거리로 떨어져 만나겠다고 하는 남성은 없었다. 결국 그 여성의 소개는 그렇게 마무리됐다.

2000년대만 해도 그런 케이스는 희소했다.

하지만 지금은 각계각층으로 진출한 여성들의 활약이 두드러지고 있다. 결혼적령기가 늦어지고, 출산율이 낮아지는 이유도 여기에 있다. 세상이 변했는데도 배우자 선택에 있어서의 사회적 관습과 인식은 여전히 과거에 머물고 있기 때문이다. 예전에 남성들이 하던 역할을 여성들이 하는 경우가 많아지는데도 여전히 남성 중심으로 부부 역할이 정해지고, 거주지가 결정된다. 이로 인해 사회활동이 활발한 여성들은 배우자를 만나는 데 어려움을 겪고 있다.

이제 **배우자 만남의 패러다임도 바뀌어야 한다.** 일하는 여성이 점점 늘고 있는데, 살림은 여성이 해야 한다는 고정관념은 좋은 만남에 장애물이 된다. 여성의 활동을 지원하는 외조남이 필요한 시대이다. 난 거의 20년 전에 '남성신부를 맞이하라'는 칼럼을 통해 외조남의 출현을 얘기한 바 있다. 그때는 너무 시대를 앞서갔다는 말을 들었는데, 이제 그 시대가 온 것이다.

물론 외조남에도 조건이 있다. 직업이 없어서 어쩔 수 없이 살림을 한다는 개념이 아니다. 맞벌이 개념은 아니더라도 프리랜서와 같이 시간이 날 때 할 수 있는 일이 있고, 어느 정도의 경제력이 있는 것이 좋다. 나는 전업주부로서 자기 삶을 포기한 채 가족 뒷바라지만 하다가 공허함을 느끼는 경우를 많이 봤다. 외조남도 마찬가지다. 여성의 활동이 더 큰 비중을 차지하거나 생활 안정에 더 큰 기여를 한다면 여성 중심으로 가정을 재편하는 편이 낫다. 그렇더라도 자기 자신을 잃어서는 안 된다.

그 여성 외교관을 지금 소개하게 됐다면 외조남과의 만남을 적극 밀어붙였을 것이다. 그런 생각에 공감하는 남성들도 예전보다 많아졌기 때문이다. 문득 그녀는 결혼을 했는지, 결혼을 했다면 어떤 남성을 만났는지 안부가 궁금해진다.

골드미스 아버지는
사위가 마음에 안든다

우리 사회에는 큰 성취를 거두면서 결혼이 늦어진 여성들이 많다. 소위 골드미스들이다. 하지만 본인의 기대와는 달리 시간이 갈수록 마음에 드는 상대를 만날 확률은 줄어든다. 문제는 그런 현실은 잘 모르고, 자기 입장에서 상황을 판단한다는 것이다. 솔직하게는 맥 빠지고 한숨이 나오는 얘기를 할까 한다.

딸의 결혼을 앞둔 아버지와의 대화 일부이다.

"아버님, S기업이면 국내 최고 기업이고, 집안도 좋고. 이런 남성이 마음에 안 드세요?"

"일반 기업이라 정년퇴직도 빠르고, 노후가 불안하죠."

"그래도 따님이 결혼을 하잖습니까?"

그 아버지의 말투에서 사례금을 주지 않으려는 의도가 느껴졌다. 이건 단지 돈의 문제가 아니라 약속과 신의의 문제이기 때문에 난 계속 따지고 들었다.

"따님 결혼은 어디서 하세요?"

"○○교회예요."

"그렇게 큰 교회에서 많은 분 축하받으면서 결혼하면서 사위분 마음에 안 든다고 하시는건…."

서면 앉고 싶고, 앉으면 눕고 싶은 게 사람 마음이라고 했다. 중매를 하다 보면 이 비슷한 경우가 많다. 부모님들을 만나 보면 처음에는 자녀들이 결혼만 하면 소원이 없을 것 같다고들 한다. 하지만 상대가 정해지면 계산을 하기 시작한다. 그리고 불평불만이 생긴다.

이 아버지를 처음 만난 건 3년 전. 어느 날 매니저가 와서 아버지와의 면담을 요청했다. 조건이 특출나게 좋아서 상대를 찾기 어렵거나 반대로 상황이 안 좋아서 맞는 상대가 없는 경우는 나한테 의뢰가 온다. 이분은 거물급으로 분류된 경우인데, 딸은 80년생으로 명문여대를 졸업하고 아버지 사업을 물려받아 운영 중이었다. 당시 아버지는 30대 중반을 넘어선 딸이 걱정되었고, "결혼하면 크게 사례하겠다."라고 누차 얘기를 했다. 그만큼 딸의 결혼이 절실했고, 나에 대한 기대치가 컸다. 하지만 실제 추천이 시작되면서 딸이 상대로부터 거절되는 상황이 이어졌다. 그래서 직접 여성을 만났는데, 착해 보이는 인상이 남성들에게 큰 매력으로 작용하지는 않았다.

여성이 원하는 수준의 남성을 만나게 해 줘도 잘 안 된다는 것을 알면서도 인연이 어디서 나타날지 모르기 때문에 끝까지 포기하지 말자고 매니저들을 독려하면서 계속 남성을 찾고, 설득하는 과정의 연속이었다. 수십 명의 남성을 추천하고, 거절당하고, 또 추천하고. 그렇게 3년이 흘렀다. 결국 회원 기간이 만료되면서 상대를 찾느라 지친 매니저들은 "이제 소개를 그만해도 되지 않느냐?"라고 했지만, 나는 "지금까지 노력한 게 아깝지도 않나? 충분하게 보상을 해 줄 분이다."라는 믿음의 끈을 놓지 않았다. 그러다가 국내 최고 기업에 다니는 여섯 살 연상의 남성을 추천하게 되었다. 이 남성은 초창기에 소개를 했다가 잘 안 되었고, 나중에 남성이 다시 연락이 왔다.

객관적으로 보면 남성은 더 좋은 여성을 만날 수도 있었고, 그런 방향으로 소개가 이뤄질 수도 있었지만, 우리는 그 여성을 다시 추천했다. 그렇게 결혼 결정이 되었는데, 아버지로부터 연락이 없었다. 겨우 통화가 된 아버지는 마지못해 전화를 받는 분위기였다. 마흔을 코앞에 두고 성사된 결혼인데, 급한 불을 껐다 싶었는지 아버지의 생각이 달라진 것이다. 딸이 아깝고, 사윗감이 마음에 안 들고, 더 좋은 남성에 대한 미련을 떨칠 수가 없었는지 결혼 성사에 대한 고마움은 고사하고 자꾸 이런저런 이유를 대면서 사윗감을 깎아내리는 모습을 보면서 나중에는 상대 남성에게 미안한 생각까지 들었다.

결혼식은 화려하게 하면서 좋은 인연을 만들어 준 노고는 생각하지 않는 그분들이 과연 훌륭하다고 할 수 있는지 씁쓸함을 금할 수가 없다.

200번 만남 끝에 찾아온 사랑

코로나19 유행이 계속되면서 결혼을 미루는 커플도 많고, 아예 만남 자체를 멀리하는 싱글들도 많다. 그러던 중 최근 결혼 결심을 했다는 연락을 받고 얼마나 반가웠는지 모른다.

30대 후반인 이 남성을 처음 만난 건 5년 전이다.

당시 30대 초반이었던 그는 미국 명문대를 졸업하고, 연봉 15만 불 이상을 받으며, 자기 집도 있고, 인상과 성격은 무난한 편이다. 5년 동안 200명 이상을 소개했다. 1년에 40명 이상, 1개월에 2명 이상을 꾸준히 만난 셈이다. 그가 이렇게 오랜 시간을 두고 많은 이성을 만나게 될지 몰랐다. 그의 이성상이 특별히 까다롭거나 거창하지 않았기 때문이다. 오히려 처음에는 순수했고, 소개받은 여성들에게 최선을 다했다. 그러다가 본인이 여성들에게 호감받는 조건을 갖췄다는 것을 알게 되면서 점점 여성을 보는 기준이 높아졌다. 특히 여성의 외모를 많이 따지게 됐다. 미팅을 많이 하는 사람들은 나중에 가서는 건성으로 사람을 만나게 되고, '이번이 안 되면 다음에 만나면 되지.'하는 안일한 생각을 하기 쉽다. **습관성미팅증후군**이라고 할까?

그 역시도 본의 아니게 만남이 습관이 되면서 의미를 찾지 못하는 만남이 되풀이됐다. 그러면서 내적 갈등을 겪게 됐다. 클레임도 하고, 불평도 했지만, 그래도 다행인 것은 결혼의사는 변치 않았다. 힘들 때마다 나한테 연락을 했다.

"이렇게 결혼하기가 힘든가요?"

"그게 남녀관계죠. 몇 번 만에 배우자를 만나기도 하지만, 수백 번 만남 끝에 찾는 분들도 있으니까요."

"이 사람 만나면 그때 만난 사람이 좋은 것 같고. 판단하기가 힘들어요."

"그래서 자기만의 기준이 필요합니다. 막연하게 예쁜 사람, 좋은 사람, 하시면 계속 어려울 수도 있습니다."

따끔하게 지적도 했지만, 그가 만남을 포기하지 않도록 계속 격려했다.

"어디에서건 만나는 사람은 다 비슷합니다. 여기서 안되면 다른

데 가서도 마찬가지예요. 중요한 건 본인의 생각과 노력입니다."

그러다가 올해 초 소개받은 여성과 만남이 비교적 오래 지속되더니 마침내 결혼 결심을 한 것이다. 이쯤 되면 그 남성의 마음을 홀린 여성이 누군지 궁금할 거다. 그 여성은 그전에 만났던 여성들과 비슷했다. 남성이 외모를 따졌으니 더 예쁜가 싶었지만, 그것도 아니었다. 어디서건 자주 만날 수 있는 평범한 이미지였다. 하지만 남성의 얘기를 들어 보면 보통 여성들과 다른 점이 있었다.

"확실하고 시원시원해요. 좋다, 싫다가 분명해서 제가 고민할 게 없어요. 본인이 시간이 나면 저한테 100% 맞춰 주고, 반대의 상황이면 자기한테 맞춰 달라고 분명하게 얘기해 줘요. 복잡하지 않아서 좋아요!!"

"지금 좋다는 말씀 몇 번 하신 줄 아세요? 그러니까 많이 좋아하신다는 거죠?"

여성이 예뻐서 좋은 게 아니었다. 여성의 솔직함과 적극성이 고민 많고, 생각 많은 남성을 확실하게 이끌어 줬다. 자신이 그동안 여성의 외모를 따졌다는 것도 잊은 듯했다. 제 짝을 만난 것이다. 안 되면 말고, 되면 좋고. 이런 상태로 만남을 갖는 싱글들이 많다. 남녀 만남에서 정말 안 좋은 자세이다. 그런 만남의 굴레에 갇히면 특별한 계기가 없는 한 벗어나기가 힘들다. 이 남성은 운 좋게도 200번 만남 끝에 적극적인 여성을 만났다.

최고의 배우자 · 최악의 배우자, 따로 있나

결혼정보회사를 이끄는 사람으로서 반성문 하나를 쓰고 있다. 예전에 홍보 차원에서 배우자 순위조사를 했는데 결과적으로 특정 직업을 서열화했고, 그것이 하나의 인식이 되어 버렸다. 있어서는, 해서는 안 될 죄악을 사회에 저지른 것이다. 사업을 하면서 내가 가장 잘못한 부분이다. 10년 전부터 배우자 순위조사를 안 하고 있는데도 여전히 그런 조사는 나오고 있다.

27년간 10만 명 만남, 3만 명의 결혼 과정을 지켜보니 100명 있으면 100명이 다 스타일이 다르고, 어울리는 상대도 다르다. 그래서 몇 가지 기준으로 획일화하는 것은 사회적으로도, 특히 본인에게도 좋지 않다. 흔히 말하는 인기 있는 전문직의 뒷모습을 보면 평균이다. 돈 없이 어렵게 시작한 커플도 역시 평균이다. 최고의 배우자인 줄 알았는데, 살아 보니 최악일 수도 있고, 반대로 최악인 줄 알았는데, 최고의 배우자일 수도 있다. 나한테 맞는 상대가 최고의 배우자다.

A는 명문대를 나왔고, 집안도 좋은 소위 1등 신붓감이었다. 조건이 좋아서 선 자리가 줄을 섰고, 그녀는 고르고 골라서 외국의 명문대를 졸업한 동포 2세 변호사와 결혼했다. 남편을 따라 미국에 갔을 때만 해도 그녀의 인생은 황금빛이었다. 하지만 딱 거기까지였다. 모든 것을 갖춘 것 같았던 남편이 실체를 드러내는 데는 그리 오랜 시간이 걸리지 않았다. 생활 능력이라고는 없었고, 버는 돈은 자기 밑으로 다 들어갔다. 사건 하나 제대로 맡기가 어려웠다. 그녀는 지금 결단이 필요한 상황에 처해 있다.

B의 경우는 정반대다. 직업, 학벌, 가정환경 등이 좋은 그녀는 가난한 집안, 평범한 대학을 나온 보통 남자와 결혼했다. 주변에서는 왜 그녀가 그런 남자를 선택했는지 의아해했다. 그녀는 성실하고 책임감 있는 것이 가장 중요하다고 생각했다. 부부는 밑바닥부터 시작하느라 처음 몇 년은 고생을 많이 했다고 한다. 그러나 책임감이 강한 남편은 어떻게 해서라도 생활비는 갖다줬고, 몇 해가 흐르자 사업이 본궤도에 올랐다. 아내가 고생한 것을 아는 남편은 지금도 처가 일이라면 열 일 젖혀 두고 나선다. 그녀는 지금

"사모님" 소리를 들으면서 품격 있는 생활을 하고 있다.

현재만 보고 사람을 선택하기에는 인생에 너무도 변수가 많다. 최고의 배우자와 최악의 배우자는 현재의 조건과 상황에서 결정되는 게 아니라 두 사람이 함께 만들어 가는 결혼생활의 결과물이 말해 주는 것이다.

돈 없는 것보다
사람 없는 게 더 외로워

나를 비롯한 우리 세대 얘기를 해 보고 싶다.

586세대. 1960년대에 태어나 1980년대에 대학에 다니면서 학생운동과 민주화 투쟁에 앞장섰던 세대, 그렇게 일궈낸 이 나라에서 정작 본인은 인생에서 큰 변화와 시련에 직면한 위태로운 세대, 바로 나와 같은 50대들이다.

오늘 만난 친구는 어깨를 쭉 늘어뜨린 채 "허무하다."라는 말을 몇 번이나 했다. 4남매의 맏이로 태어나 50여 년을 장남의 짐을 지고 살았던 친구다. 결혼해서 부모님, 동생 셋과 함께 살다가 지금은 다 결혼하고 혼자 되신 어머니를 모시고 산다. 일찍 결혼해서 남매를 둔 친구는 얼마 전 사위를 봤다.

"억 소리 나게 들여서 시집 보냈는데, 신혼여행 가서 기념품 하나 안 사왔더라. 바빠서 시간이 없었다고."

"잘 갔다 왔으면 됐지, 쓸데없는 기념품 타령이야?"

"성의가 없다는 거지. 부모한테 받을 게 있을 땐 안간힘을 쓰더니만."

빠듯한 살림에 친구는 딸 결혼시키면서 집 담보로 대출까지 받았다고 한다.

"형편껏 하지, 죽을 때까지 빚 갚을 거야?"

"그럼 어떡하나. 바라는 대로 못해 줬다고 원망이 클 텐데."

"부모 노후 자기들이 책임진대? 부모도 살아야 할 거 아냐?"

"요즘 애들이 그런 걸 아나?"

50대는 흔히 '부모를 봉양하는 마지막 세대이면서 자식에게 부양을 못 받는 첫 번째 세대'라고 한다. 우리는 부모에게 효도하고, 당연히 모셔야 한다고 배웠는데, 자식들은 그런 개념이 없다. 자기 입장에서만 생각한다. 그래서 '전쟁이 나면 우리들이 대신 나가서 싸워야 할 판'이라는 자조적인 소리도 들린다.

부모가 자식을 길러 놓으면 나중에 자식이 부모를 책임지면서 세대가 이어져 왔는데, 우리 세대에 이르러서 그 맥이 딱 끊겨 버렸다. 그래서 50대는 전환의 세대다. 부모 봉양하면서 에너지를 쓰고, 거기에 자식들한테 쏟아붓고 나니 우리에게 남은 게 없다. 미래에 대한 준비가 전혀 안 되어 있는데, 이런 상태로 오랜 세월을 살아야 한다. 수명은 또 얼마나 길어졌나. 아직은 활동을 하니까 어찌어찌 유지를 하며 살지만, 10~20년 후 가림막 하나 없이 광야에 노출되었을 때는 어떻게 감당할 수 있을지 걱정이다.

586세대에게는 이렇게 미래에 대한 불확실성이 시한폭탄이다. 어떤 상황이 전개될지 그때 가 봐야 알고, 폭탄의 위력이 어떨지 터져 봐야 안다. 지금 믿을 수 있는 사람은 배우자다. 배우자가 없으면 나중에 폭탄이 터졌을 때 정말 힘들어진다. 그게 결혼의 의미다. 돈이 없는 것보다는 사람이 없는 게 더 외롭다. 내가 늙고 병들었을 때 옆에 있어 줄 사람은 자식이 아니라 배우자다. 자식에게 잘하는 만큼 배우자에게도 잘해야 한다.

자식의 돌봄도 받지 못하는 우리 세대가 해야 할 일은 지금부터라도 건강관리를 잘하고, 미래를 준비하는 것이다. 친구의 쳐진 어깨를 두드려 주면서 내린 결론이다.

하루가 멀다 하고 싸우던 부부에게 무슨 일이 생겼나?

그 부부에게 궁금한 점은 두 가지였다. 정말 사랑해서 결혼했을까? 그리고 왜 이혼하지 않을까?

20대 중반에 결혼한 두 사람은 상극이었다.

열 가지 중 아홉 가지가 안 맞을 정도로 성격, 식성, 취향 등이 많이 달랐다. 대개 성격이 다른 남녀가 만나면 서로 부족한 부분을 채워 주기도 하는데, 두 사람은 아니었다. 아내는 소심한 남편을 "답답하다"라고 했고, 남편은 괄괄한 아내를 "드세다"라고 했다. 경상도 아내는 양념이 많이 들어간 음식을 주로 만드는데, 남편은 담백한 음식을 좋아했다. 아내는 "짜다", "강하다"라고 음식평을 해 대는 남편이 너무 얄미웠고, 남편은 20년 넘게 함께 살았으면서도 자기 입맛 한번 제대로 못 맞춰 주는 아내가 서운했다.

이렇게 서로에 대해 감정적으로 맺힌 부분을 풀지 않고 살다 보니 하루가 멀다 하고 부부 싸움을 했다. 자녀들도 이혼하라고 권할 정도로 부부 사이가 안 좋았다. 그런데도 이혼을 하지 않은 데는 이유가 있었다. 경제적인 문제 때문이다. 남편 외벌이로 가족이 빠듯하게 사는 형편에 이혼을 해서 재산분할이라도 하게 되면 힘들게 장만한 집을 처분해야 하는데, 부부는 도저히 그럴 용기가 나지 않았다. 이혼도 돈 있는 사람들 얘기라고 포기하고 살았다. 그렇게 살다 보니 부부는 50대가 되었다. 그러던 어느 날, 남편은 우연히 화장실에서 아내가 머리 염색하는 것을 보게 되었다. 흰머리가 난 지는 오래되었겠지만, 데면데면 지내다 보니 남편은 그날에서야 아내의 흰머리를 유심히 본 것이다.

"손이 안 닿는 데를 염색하느라 거울을 들여다보고 안간힘을 쓰는 모습이 짠하더라고요. 나한테 해 달라는 소리도 안 하고."

입이 안 떨어져서 도와주겠다는 말은 못했지만, 남편은 잘해 준 것도 없는데, 아등바등 살다어느새 늙었다는 생각에 아내가 안쓰러웠다고 한다. 그날 이후 남편은 아내와 다투는 일이 있으면 참게 되고, 불평이나 잔소리도 덜하게 되고, 그러니까 아내도 목소리가 작아지고, 부드러워졌다.

그러면서 부부 싸움도 점점 줄어들었다. 부부 사이가 좋아진 것도 아니고, 없던 정이 생긴 것도 아니다. 그것은 오랜 세월을 함께 견뎌온 부부가 서로에게 갖는 마음이다.

그 까맣던 머리가 하얗게 된 걸 보면 그 모습이 내 모습 같기도 하고, 서로를 고생시키면서 힘들게 살았다는 생각에 밉다가도 측은한 마음이 든다. 그것이 바로 결혼이다.

출산할 생각이 없다고 결혼까지 포기?

결혼연령이 늦어지면서 40대 싱글들도 의외로 많다. 결혼이 늦어진 이유야 제각각이지만, 뒤늦게 배우자를 찾는 40대 싱글들의 고민은 거의 비슷하다.

40대 초반의 여성 K씨. 15년 넘는 직장생활로 30평대 아파트도 마련했고, 중간 관리직으로 생활도 안정되었다. 사는 데 큰 걱정이 없어지자, 문득 혼자 사는 미래가 걱정되었다고 한다. 그래서 얼마 전 네 살 많은 남성을 소개받았다. 자녀 없이 이혼한 그는 성격도 괜찮고, 대화도 잘 통하는 것 같아서 얼마간은 교제가 무리없이 이어졌다. 하지만 그녀는 계속 그를 만날지 망설이고 있다. 문제는 출산에 대한 생각 차이였다.

"혼자 지낼 때는 '누군가 만나서 결혼하고 싶다.' 이런 생각을 막연하게 했어요. 근데 막상 그 사람을 만나고 나니 현실적인 생각이 들고, 출산 걱정도 되고, 그러더라고요."

"출산 계획이 없는 건가요?"

"의학적으로야 가능하다지만, 솔직히 이 나이에 아이 낳는 게 부담스러워요."

"그분과 얘기는 해 보셨어요?"

진지하게 만났던 두어 달간 서로 생각이 비슷하다고 느꼈고, 그래서 자신을 이해해 줄 걸로 믿었다고 한다. 하지만 출산을 하고 싶지 않다고 얘기하자 그 남자의 반응은 전혀 뜻밖이었다.

"애도 안 낳을 바에야 왜 결혼을 하느냐고 하더라고요, 연애나 하지. 그때 알았어요. 남자들은 자기가 애를 낳는 게 아니니까 여자들만큼 절박하게 고민하는 건 아니었어요. 여자가 마흔 넘어 출산하면 신체적으로 얼마나 무리가 가는데요."

자신은 출산 계획이 없고, 그 남자는 아이를 원하고, 이렇게 생각이 다른데, 계속 만나면 안 된다는 것이 그녀의 결론이다.

그녀의 이런 생각에 공감하는 부분도 있지만, 한편으로 아쉬움이 남는다. 더 정이 들면 그 남자가 생각을 바꿀 수도 있고, 반대로 그녀가 용기를 낼 수도 있는데, 일말의 여지도 없이 싹을 잘라내서다. 물론 나이가 몇 살이건 결혼하면 아이를 낳아야 한다고 생각하는 사람들도 있다.

"40대가 결혼을 생각한다면 아이 때문 아닌가요? 그렇지 않다면야 혼자 사는 게 익숙한데 굳이 결혼해서 같이 살려고 하지는 않겠죠."

"사람들에게는 2세 본능이라는 게 없다고 할 수 없잖아요. 그래서 한 살이라도 어린 여자를 원하는 거고요."

"여자들 중에도 결혼은 안 해도 아이는 있었으면 하는 사람들이 많아요."

그렇더라도 많은 사람들 중에 나와 생각이 맞는 상대가 왜 없겠는가. 자식 낳아서 키울 자신 없다고 해서 결혼까지 포기하나. 늦게 만났으면 포기할 부분은 받아들이고, 그 상황에서 가능한 것을 이루면서 살면 된다. 남녀관계는 많은 변수가 작용하고, 또 지금 상황은 우리 부모 세대가 결혼을 하던 때와는 많이 다르다. 그렇다면 그런 변화에 맞게 결혼에 대한 생각의 스펙트럼을 넓히는 유연성이 필요하다. 특히 꽉 찬 나이에 결혼을 생각한다면 말이다.

'천하의 진상녀'에게도 짝은 있다

"이런 편지 또 보낸다. 지난번엔 아무 일 없이 그냥 왔는데, 이번에도 무책임한 태도를 보인다면 죽을 각오를 해라. 이벤트 때도 맨 너 같은 애들만 불러들이고 뭐가 결혼 상대로 적합한 사람들만 선별한 거냐?"

위선자, 사기꾼…. 온갖 욕설과 저주로 가득한 메일이었다. 그날 나는 평생 들을 욕을 한꺼번에 들은 것 같았다. 그렇게 내 혼을 쏙 빼놓고는 정신적 피해보상 5억을 요구하는 것으로 메일은 끝을 맺었다. 그녀와 한번이라도 얘기를 나눈 매니저들은 한결같이 입을 모았다.

"그런 여자는 살다 살다 처음 봤습니다. 어떻게 자기 말만 계속하는지…."

"반전도 그런 반전이 없다니까요. 그렇게 예쁜 얼굴에서 어떻게 그런 험한 말이."

그녀는 정말 미인이었다. 누구나 그녀를 처음 보면 마음이 설렐 정도였다. 하지만 그녀가 입을 여는 순간, 환상은 깨졌다. 상대를 가리지 않고, 막말을 하는 것이었다. 소개받은 사람이 마음에 안 들면 상대방에게 기분을 그대로 표현하는 것은 물론, 매니저들에게 가차 없이 욕 세례를 퍼부었다.

남성들의 항의가 빗발쳤다.

"무슨 그런 여자가 다 있어요? 자기만 마음에 안 드나, 입이 걸레 같은 여자…. 정말 재수 없어요."

"저를 쳐다보는데, 벌레 씹어먹은 표정이더라고요. 내가 왜 그런 취급을 받아야 합니까?"

이런 상황이 반복되니 다들 그녀를 피했고, 소개를 꺼렸다. 그녀에게 수 차례 경고를 했고, 회원 활동 정지 조치도 있었다.

대개 이런 경우 탈퇴를 시키는데, 그녀에게는 정말 좋은 어머니가 있었다. 그런 어머니한테서 어떻게 저런 딸이 나왔지, 할 정도였다. 딸이 한바탕 난리를 치면 어머니는 회사를 찾아와 머리를 조아렸다.

"여기 아니면 받아줄 곳이 없어요. 저런 성질머리를 누가 만나겠어요? 저를 봐서라도 사람 하나 살린다 치고 봐주세요."

그녀에게 마지막 기회를 줘 보자 싶어 단체미팅 참가를 권유했다. 많은 남성들을 만나다 보면 그중 마음에 드는 사람이 한 명 정도는 있을 것이기 때문이다. 하지만 결과는 예상 외였다. 수십 명을 만났음에도 누구 하나 그녀를 선택하지 않았다. 얼굴이 예쁘다 보니 거친 말투가 더 부각되었다는 것이다. 분을 못 참은 그녀가 결국 나에게 그 무시무시한 메일을 보내 온 것이다. 처음에는 하도 황당해서 헛웃음이 나왔고, 솔직히 오기도 없지 않았다. 그러다가 생각해 보니 이건 피한다고, 혹은 화만 내서도 안 되고, 누군가는 해결해야 할 일이었다. 그리고 조금은 그녀에 대한 연민도 있었다. 주변에서는 그녀에게 문제가 있는 걸 다 아는데, 정작 본인만 모르는 것이다. 그 정도면 병적인 수준이었다.

대개 그녀와 같은 부류에는 세 가지 스타일의 남성이 어울린다. 성격이 무던해서 무슨 얘기를 해도 그냥 넘어가는 남성, 혹은 성적 취향이 독특해서 그런 얘기를 들으면 흥분하고 좋아하는 남성, 그리고 상대를 압도할 만한 더 큰 힘과 에너지를 가진 남성이다. 많은 고민 끝에 그녀에게 소개할 남성을 찾았다. 성격이 급하고 다소 강한 성향을 가진 사람이다.

남녀관계는 상대적인 것이다. 이 사람과는 문제가 있었다고 해도 다른 상대를 만나면 180도 다른 상황이 전개되기도 한다. 이 남성과 진상녀가 만나면 경우는 서로 한바탕하고 끝내거나 어느 한쪽이 제압당하거나, 둘 중 하나이다.

손해배상 운운하며 화가 나 있는 그녀를 설득하는 게 관건이었다. 어머니와 합동 작전을 폈다. 어머니는 마지막 기회라는 생각에 절박한 심정이었을 것이고, 나 또한 확신은 있었지만, 1%의 운을 믿고 배팅을 한 것이다. 이번에도 그녀가 마음을 열지 못하면 아마 10억, 20억을 내놓으라고 할지도 모르는 일이었다. 그리고 며칠 동안 조마조마하게 소식을 기다렸다. 평소 그녀라면 마음에 안 들 경우 폭탄이 날아올 것인데, 일주일, 한 달이 지나도록 아무런 소식이 없었다. '무소식이 희소식'이란 말이 딱 이런 경우 아닌가.

그녀는 그 후로도 쭉 소식이 없었다.

두 사람 중 제압당한 쪽이 누구인지는 몰라도 어쨌건 문제 남녀가 짝을 찾았다고 볼 수밖에. 이렇듯 세상 모든 남녀는 짝이 있다. 혹 아직 못 만났다면? 어울리지 않는 사람을 원하기 때문이다.

남녀노소
각양각색
'싱글별곡'

약속 시간
5분 전에 나오는 사람

지금 만나는 연애상대와 결혼생활을 행복하게 할 수 있을지, 데이트하면서 상대를 알아가는 과정에서 모든 촉은 거기에 쏠려 있을 것이다. 데이트 과정에서 잘 살 수 있는 상대, 행복하게 해 줄 수 있는 상대를 알 수 있는 방법이 있다. 하지만 그것을 자세히 말하기는 어렵다. 누군가에게 방패를 쥐여 주는 결과가 될 수 있기 때문이다. 충분한 기간 동안 많은 경험을 하면서 자연스럽게 파악하는 것이 최선이다. 그래도 이 한 가지는 말할 수 있다. 검증된 방법이다. 만약 지금 만나는 상대가 데이트할 때 약속 시간 5분 전에 먼저 와서 당신을 기다린다면 그 사람을 놓치지 말라고 말해 주고 싶다. 함께하는 동안 한결같이 당신을 행복하게 해 줄, 그렇게 해 주려고 노력할 사람이기 때문이다.

처음에는 다들 일찍 나오려고 한다. 그러다가 익숙해지면 원래의 모습들이 나온다. 이런 과정에서 실망하고 헤어지고 한다.

그런데 처음부터 약속에 늦게 나오는 사람들도 있다.

외모가 뛰어난 여성이 있었다. 약속 시간에 늦는 것은 당연하고, 심지어 약속 직전에 펑크를 내기도 했다. 그런데 만나는 남성들 그 누구도 그 부분을 문제 삼지 않았다. 그런 비매너를 감수하면서도 그녀를 만나려고 했던 것이다. 그녀 입장에서는 처음부터 그랬던 것은 아닐 것이다. 하지만 상대방이 양해해 주고 기다려 주는 일이 반복되면서 시간 개념이 없어진 것이다. 그러다가 약속을 무척 중요하게 생각하는 남성을 만났다. 그는 약속 시간을 맞추기 위해 지방까지 택시를 대절해 간 적도 있을 정도였다. 그러니 데이트할 때마다 번번이 늦게 나타나는 여성이 마음에 들 리가 없었다. 처음 한두 번은 '사정이 있겠지.'하고 그냥 넘어갔는데, 매번 똑같은 상황이 반복되면서 결국 그녀에게 "시간을 지켜달라."라고 말했다. 하지만 다음 약속에서도 그녀가 늦게 나타나자 결국 화를 내고 말았다. 그녀는 상황 파악도 못하고 상대가 화를 낸 것만 서운했다. "어떻게 나한테 그럴 수 있느냐?"라고 오히려 따졌다. 두 사람은 결국 생각의 차이를 좁히지 못하고 헤어졌다.

약속을 안 지키는 사람은 자신감 과잉인 경우가 많다. 비약적인 결론이라고 할 수도 있겠지만, 약속을 소홀하게 생각하는 걸 보면 가치관이나 생활 태도도 좋지는 않을 것이다.

반면 약속 시간 5분 전, 그러니까 상대보다 일찍 나와 기다리는 사람은 결혼상대로 권해 주고 싶다.

세 가지 이유다.

그런 사람은 **성실**하다. 그리고 **배려심**이 있고, 기본적 **매너**가 있다. 그런 생각과 태도로 상대를 대하는 사람이라면 결혼에서도 좋은 모습을 보일 것이다.

열 나무 찍어
넘어가는 나무 찾아라

20세기의 연애 방식을 '열 번 찍어 안 넘어가는 나무는 없다'라고 한다면, 21세기에는 **'열 나무 찍어 넘어가는 나무를 찾아라'**로 바뀌었다. 한 사람을 향한 애틋함과 순정이 있던 시대는 지났다. 지금은 속전속결, 잘 안 될 것 같으면 아예 시작도 안 한다. 미련도 없다.

왜? 버스가 떠나면 또 온다고 생각하기 때문이다.

30년이 넘었지만, 지금도 잊지 못하는 짠한 추억이 있다. 스무 살 청년의 마음을 뜨겁게 물들인 여성과의 만남…. 그녀에게 첫눈에 반했지만, 제대로 고백도 못하고 그저 바라보기만 했다. 그녀는 나의 첫사랑이었다.

아침 여덟 시에 출근하는 그녀를 보려고 일곱 시 반부터 그 집 앞에서 기다렸다. 그러고는 동대문 지하철역까지 그녀를 따라갔다가 돌아왔다. 그런 날이 몇 달 계속됐다. 그렇게 혼자 좋아하다가 몇 달 뒤 용기를 내어 그녀의 집을 찾아갔다. 대문을 열고 나온 그녀의 어머니는 이렇게 말했다.

"우리 딸, 얼마 전에 결혼했는데…."

말 몇 마디 나눠 보지도 못했고, 손도 한번 잡아 보지 못했다. 그렇게 내 짝사랑은 끝이 났다. 그날, 쓸쓸히 걷던 그 골목길, 눈물이 맺혀 올려다보던 잿빛 하늘이 아직도 기억난다. 그때가 1980년대 중반이었다. 20세기에는 남성의 구애, 여성의 순정, 이런 것이 자연스러웠다. 만남 현장에서도 이성이 마음에 들면 매니저에게 다리를 놓아 달라고 적극적으로 청하는 일이 많았다. 여성의 경우, 이성이 자신을 마음에 들어 하지 않으면 상처를 받기도 했다. 그런 이유로 탈퇴하는 여성들도 있었다.

지금은 어떤가? 서로 마음이 안 맞아도 크게 개의치 않는다. 상대의 호감을 받지 못해도 '내가 싫어? 그럼 할 수 없지.'라며 깨끗하게 돌아선다. 예전처럼 좋다고 따라다니는 행동은 스토킹이 된다. 예전에는 이성을 만나는 통로가 제한적이었고, 그래서 만남 기회가 적었기 때문에 만나면 최선을 다했다. 싫다는 상대를 계속 설득해서 인연을 맺는 커플들도 많았다. 요즘 결혼이 늦어지는 이유 중 하나는 아이러니하게도 만남의 기회가 많기 때문이다. 소셜 데이팅도 활성화되어 있고, 심지어 구청이나 시청에서도 만남을 주선한다. 그러다 보니 이번 만남이 안 되면 다음에 또 기회가 있다는 생각을 한다.

온 마음을 다해 '핫'하게 사랑했던 20세기, '쿨'하게 만나고 헤어지는 21세기, **연애 방식의 온도 차이**가 20세기와 21세기를 구분 짓는다.

퀸카, 5년 후 120억 원 놓치다

4~5년 전에 만났던 어떤 부모님을 최근에 다시 만났다. 당시만 해도 그 부모님은 정말 잘 자란 딸에 대해 자부심이 있었고, 딸의 결혼에 대해 큰 기대를 하고 있었다. 내가 봐도 그랬다. 당시 29세였던 딸은 명문대 졸업, 전문직, 사회적으로 성공한 부모님, 그리고 인상도 좋은, 말 그대로 3박자, 4박자를 갖춘 퀸카였다. 당연히 당대 멋진 남성들을 그 여성에게 소개했다. 우리들이 흔히 1등 신랑감이라고 말하는 남성들이 그녀 앞에 줄을 섰더랬다. 열 명 넘게 소개했고, 그 남성들 모두 애프터를 신청할 만큼 그녀의 인기는 대단했다. 하지만 그녀는 이런 제안을 모두 거절했다. 번번이 결과가 안 좋게 되자 그녀에게 솔직한 심정을 물어봤다.

"혹시 부모님 몰래 교제하는 남성이 있나요?"

"아뇨."

"부모님 말씀으로는 결혼 의사가 있다고 하던데?"

"사실은요……."

그녀 얘기로는 부모님 권유로 맞선을 보고는 있지만, 몇 년 더 싱글라이프를 즐기고 싶다고 했다. 부모님과 내가 헛발질을 한 것이다. 본인만 마음을 먹었다면 얼마든지 결혼이 가능했기에 아쉬움이 더 컸다.

그렇게 시간이 흘렀고, 5년 만에 부모님이 다시 연락을 해 온 것이다. 예전 기억 때문에 먼저 딸의 의사를 확인했다. 이번에는 본인이 더 적극적이었다. 하지만 상담을 한 결과 내가 오히려 "이 만남은 자신이 없다."하고 거절했다. 부모님은 5년 전 딸이 만났던 남성들과 비슷한 상대를 원하고 있다. 그리고 딸도 그동안 경력을 쌓고, 경험을 많이 해서 눈이 더 높아진 상태다. 주변에 잘나가는 사람들을 보면서 본인도 뒤지지 않아야겠다는 욕구가 강했다. 하지만 지금 그녀 나이가 30대 중반이다. 결혼할 때 많은 부분을 고려하는 사람들에게 나이는 결코 숫자에 불과하지 않다. 5년 동안 그녀가 쌓은 사회적 성취에도 불구하고 다섯 살 더 나이가 많아진 상황이 그녀에게는 마이너스 요인으로 작용한다. 그런데 여성과 부모님은 이런 현실을 받아들이기 힘들다. 이미 최고의 남성들을 만나 본 경험이 있기에 그런 만남을 계속 원한다. 힘과 에

너지가 넘치고, 활력 있는 나이에 결혼을 하는 게 좋은 이유는 그녀를 보면 알 수 있다. 당시 그 여성이 만났던 남성들은 평균 5억 이상의 수입이 가능했던 사람들이다. 하지만 지금 그녀에게 소개할 수 있는 남성은 수입으로 치면 1억 정도다. 배우자의 연봉이 4억 차이가 난다. 결혼생활 10년이면 40억, 30년이면 120억 원의 경제적 손실이 생긴다는 계산이 나온다.

그녀는 배우자 만남을 통해 얻을 수 있는 120억의 기회비용을 몇 년의 싱글 생활과 맞바꾼 것이다. 이것이 배우자 만남의 냉정한 현실이다. 결혼이 늦어질수록 그만큼의 어려움을 감수해야 한다. 결혼을 안 할 거라면 모를까, 할 거라면 제때 하는 게 좋고, 아니면 기회비용의 손실을 감수해야 한다는 것을 지금의 결혼세대와 미래의 결혼세대는 기억했으면 좋겠다.

경찰관 사칭 사건의 전말

결혼정보회사 30년차가 되다 보니 인간사의 드라마틱 한 순간들을 많이 접했다. '남녀 만남에서 저런 일도 있을 수 있구나.'그런 생각도 많이 했다.

심지어 내가 경찰관을 사칭했던 일도 있었다.경찰관 사칭은 범죄행위로 처벌받는데, 25년 지났으니 공소시효가 끝났을 것 같고, 그럴 수밖에 없었던 정황이 참작되지 않을까 싶기도 하다. 당시는 너무나 긴박한 상황이었다. 추석 전날이었다. 그날을 확실히 기억하는 것은 명절을 앞두고 부모님을 뵈러 가려고 업무를 마무리하고 사무실을 막 나가려던 참이었기 때문이다.

오후 4~5시였는데, 전화가 왔다. 한 여성 회원이 울면서 다급하게 도움을 청했다.

"성폭행을 당했어요. 저랑 경찰서에 같이 가 주실 수 있을까요? 도와주세요."

회사 초창기였고, 나도 당시 미혼이었다. 엄청난 일이 일어났다고 직감한 나는 여성이 있는 곳을 물어봤고, 목동 전화국 앞에서 만나기로 했다. 물론 그 와중에도 여성의 주소와 연락처가 적힌 가입서류를 챙겨 들고 나왔다. 한 시간 후에 도착한 목동 전화국 앞에는 아무도 없었다. 업무가 끝난 전화국, 그리고 어둑해지기 시작한 상황에서 나는 많이 불안했고, 여성이 안 보이자 당황했다. 당시는 회사 초창기였고, 나는 20대 후반의 미혼으로 세상 경험이 많지 않았다. 어떻게든 그 여성을 찾아야겠다는 생각 밖에는 없었다. 그래서 가입서류를 살펴보니 '목동 ○○빌라'라고 적혀 있었다. 25년 전만 해도 가입서류가 지금과는 달리 허술한 편이었다. 동호수도 없었고, 전화도 회사 번호뿐이었다. 무작정 길을 걷다가 좋은 생각이 떠올랐다. 골목골목을 다니고, 집마다 다니는 신문보급소가 생각난 것이다. 당시는 신문 보는 집들이 많아서 곳곳에 보급소가 있었다. 마침 석간 배달 시간이라 한창 신문 정리를 하는 사람들이 보였다.

"혹시 ○○빌라 아세요?"

바쁜 시간에 들이닥친 불청객의 말에 귀 기울이는 사람은 거의 없었는데, 다행히도 그 빌라는 안다는 배달원이 있었다. 자신의 배달구역이라는 것이었다. 고맙게도 그 배달원은 자신의 자전거 뒤에 나를 태우고 ○○빌라까지 데려다줬다. 감사하다는 말을 할 마음의 여유도 없었다. 지금 생각하니 참 고맙고 미안하다.

○○빌라는 2층 8세대 건물 두 동이었다.

16세대 중에서 여성의 집을 찾는 문제가 생겼다. 빌라 입구 우편함을 보니 김씨 성이 몇 집 있어서 차례대로 초인종을 눌렀더니 세 번째 집에서 그 여성이 나왔다. 근처 커피숍으로 가서 설명을 들어 보니 그 전날 소개받은 남성과 관계를 가졌다는 것이다. 여성이 "당했다."라는 요지로 얘기를 했으니 나는 "빨리 그 사람을 잡으러 가자."라고 했다. 그래서 112에 신고를 했고, 얼마 후 경찰관 두 명이 커피숍으로 들어왔다. 하지만 경찰관을 마주한 여성의 태도에 뭔가 미심쩍은 부분이 있었다. 확실하게 신고할 의사도 없어 보였다. 그래서 '다른 상황일 수도 있겠구나.'라는 생각에 경찰관들을 돌려보냈다.

"이 상황을 어떻게 하고 싶으신 건가요?"

"……."

그래서 남성에게 전화를 했다. 남성의 목소리가 들리자마자 순간적으로 경찰관 흉내를 냈다.

"여기 ○○경찰선데요, 성폭행 신고가 들어왔습니다."

"네, 모든 걸 인정하겠습니다. 절차대로 조치하십시오."

모든 걸 인정한다는 남성의 말을 듣자 '나쁜 사람이 아닐 수도 있겠다.'라고 판단했고, 두 사람이 직접 해결하게 하는 게 좋겠다는 생각에 여성을 설득해서 그 남성을 우리가 있는 곳으로 불렀다.

나 : "두 분이 관계를 하셨다는데, 책임지셔야 하는 부분 아닙니까?"

남성 : "○○씨가 원하는 대로 하겠습니다."

나 : "○○씨, 이분을 신고할까요?"

여성 : "아뇨."

나 : "그럼 두 분이 대화로 풀어보시겠어요?"

여성 : "네."

나 : "도움이 필요하면 언제든 연락하세요."

여성 : "네, 오늘 고맙습니다."

그리고 나는 그 자리를 떠났고, 그날 이후 여성에게서는 전화가 걸려오지 않았다. 이것이 경찰관 사칭 사건의 전말이다.

50대 이상 능력 있는 여성 싱글들은 "자만에 주의!"

경제적 능력이 확실하고, 직업도 좋은데, 외롭게 혼자 사는 50대 싱글여성들이 있다. 이 여성들이 이성을 만나는 데 있어서 자만하지 않도록 조심해야 한다. 성공한 50대 싱글들은 인생의 경험과 연륜이 있기 때문에 사람을 대하는 데 여유가 있고, 경제적 능력과 좋은 직업도 있어 자부심이 남다르다.

내가 보기에 여성들은 스스로 힘이 있고, 능력이 있으면 혼자 즐기며 살고, 경제적 어려움이나 삶의 위기가 오면 이성을 만나 삶의 돌파구를 찾으려는 경향이 있다. 그래서 시절 좋을 때 결혼하기로 마음먹은 싱글여성들은 자신이 원하는 대로 만남이건, 결혼이건 된다는, 다소 비현실적이고 일방적인 생각을 하곤 한다.

50대 후반의 여성이 결혼 상대를 찾는 상황이다.

이 여성은 키도 크고, 관리도 잘해서 그 나이대에 비해 젊고 건강하다. 그리고 사회적으로도 성공해서 매사에 자신감이 넘친다.

"연하면 좋고요. 안 되면 동갑도 괜찮아요."

여기에 느낌이 통하는 멋진 남성이라는 조건이 더 붙었다. 절대 나이 들어 보이는 남자는 싫단다. 그녀에게 학식이 많은 젠틀한 남성을 소개했다가 느낌이 없다고 거절당했다. 한편으로는 이해가 되지만, 우려되는 면도 있다. 그녀에게 물었다.

"선생님께서 원하는 남성 스타일이 있는 건 당연하고, 이해합니다. 그렇다면 선생님은 그 남성분에게 어떤 것을 주실 수 있나요?"

내가 어떤 남성을 원할 때 그 남성 역시도 원하는 여성이 있고, 그 여성이 나와 일치하지 않을 수도 있다. 이 부분을 생각해야 하는데, 사실 그런 생각을 하기가 쉽지는 않다. 50대 싱글여성들의 경우 젊을 때 열심히 일하느라 이성을 만날 기회가 적었기 때문에 거기까지 생각이 미치지 못한다. 오히려 일에서 성공했듯이 이성과의 만남도 그렇게 될 줄 안다. 하지만 여성들이 호감을 느낄 정도의 남성들은 사회에서 성공하고 인정받는 사람들이다. 이런 남성들이 원하는 스타일은 인상 좋고, 나이가 젊고, 멋진 여성들이다. 그렇다면 50대 여성들이 스스로를 돌아볼 때 멋진 이미지를 갖고 있고, 나이를 극복할 수 있을 만큼 매력이 있느냐, 그렇지 않은 경우가 많다. 이렇게 남녀는 평행선을 달린다.

50이 넘어서 느낌 통하는 이성을 만나기는 어렵다. 설사 있다고 해도 함정이 도사리고 있을 수도 있다. 매우 드물고, 일반적이지 않은 만남에는 위험이 따른다.

전체적으로 보면 여성들이 결혼에 큰 기대를 걸고, 멋진 남성을 원하는 것은 지극히 정상적이다. 하지만 아직까지 한국적인 배우자 선택은 남고여저(男高女低)의 심리가 작용한다. 그러니까 남성이 여성보다 조금 더 높아야 한다는 인식이 있는데, 특히 남자가 여자보다 나이가 많아야 한다고 생각한다. 더구나 능력 있는 남성들은 나이 차이가 많이 나는 여성을 선호하는 경향이 있다. 그러므로 여성들의 생각이 잘못됐다는 것이 아니라 상대가 되는 남성들의 생각이 여성들과는 많이 다르다는 것을 고려해야 한다. 그리고 능력 있는 50대 싱글여성들이 원하는 남성을 만나려면 몇 가지를 감수해야 한다. 여성이 데이트 비용을 부담하거나 선물을 주거나 하는 것들이다.

100세 시대에 50대는 한창 나이다. 옛날로 치면 30대에 해당한다. 이성을 만나 열정을 불사르기에 충분한 나이다. 하지만 사회적, 환경적으로 상대가 되는 남성의 생각이 다르기 때문에 만남에 어려움이 있다. 50대 싱글여성들이 큰 뜻을 갖고 결혼을 생각했다가 좌절하거나 포기하지 않으려면 일상의 공통점이 많아 생활이 서로 잘 통하는 이성을 만나는 것이 좋다는 것이다. 여성만 양보하라는 것이 아니다. 남성들도 나이를 양보하면 좋은 인연을 만날 수 있다.

내 눈앞의 다이아몬드, 한국 여성

회원 중에 중국인 남성이 몇 있는데, 대부분 똑똑하고 능력 있다. 외국의 명문대를 나와 연봉 50만 불 이상 받는 사람도 있고, 자기 분야에서 이름을 대면 알 만한 사람도 있다. 초혼남이 한국인 배우자를 만나고 싶어하기도 하고, 같은 중국인과 결혼했다가 이혼 후 한국여성과 재혼하고 싶어 하기도 한다.

이 남성들에게 "왜 한국 여성과 결혼하고 싶어 하는가?"를 물으면 이구동성으로 "세계 여성들 가운데 한국 여성들이 배우자로 최고"라고 말한다. 미국에 사는 한 중국 남성은 "주변에 다양한 인종들이 있는데, 한국 여성과 결혼한 남성이 표정도 밝고, 가장 건강하다. 내가 봐도 한국 여성들은 외모도 그렇고, 생활방식이나 가족관계가 원만하다."라고 칭찬을 늘어놓았다.

미주 지역에서 교포들의 만남을 많이 주선한 나도 그런 생각에 동의한다. 하지만 한국 남성들은 그런 사실을 잘 모르는 것 같다. 물건은 여러 가지를 사용해보고 좋은 것을 선택할 수 있지만, 결혼상대는 그런 비교가 안 된다. 그래서 세계 최고의 배우자를 만날 수 있는 기회가 자신들에게 있는데도 모르는 것이다. 주머니에 있는 다이아몬드의 소중함은 그것을 잃어버려야 알게 된다. 결혼을 늦게 하거나 안 하는 남성들도 많지만, 결혼을 할 거라면 한 번쯤 이런 생각을 해 보라고 하고 싶다. 내 눈앞의 여성이 세계 최고의 배우자라고 말이다. 외국 남성들이 꼽는 한국 여성들의 매력은 많다. 교육 수준이 높아 지적이고, 독립적이고, 적극적이다. 그리고 무엇보다 결혼을 하면 가족들에게 헌신적이다. 세상이 많이 변했고, 특히 여성들의 자의식이 높아져서 '부인을 모시고 사는 결혼'이라고 말하는 남성들도 많다. 이런 말을 하는 남성들의 대부분은 '남편을 모시고 살던' 어머니의 모습을 생각한다.

2~30년 전만 해도 당시 남성들이 선호하는 이성상은 현모양처였다. 기혼여성들은 거의 전업주부였고, 그들은 남편에게 순종하고, 육아와 살림에 최선을 다했다. 지금 결혼 세대인 30대의 어머니들은 이런 삶을 살았다. 하지만 이제 맞벌이는 당연해졌고, 특별한 경우가 아니면 많은 남성들이 일하는 여성을 원한다. 직장 여성들은 예전 전업주부 어머니들이 하는 것처럼 가정에만

100% 매달릴 수 없다. 그런데도 일부 남성들은 여성들이 그들 어머니처럼 결혼생활 하기를 원한다. 언제나 필요한 순간에 옆에 있어 주고, 원하는 부분을 충족시켜 주던 어머니와 배우자를 비교한다. 이런 괴리가 이성상과 현실에서 만나는 상대의 불일치, 결혼생활이 불만족스러워지는 원인이 된다.

한국 남성들이 주머니 안에 들어 있는 다이아몬드의 가치를 깨닫는다면 만남과 결혼이 지금보다는 더 잘 풀릴 것 같다.

결혼생각 없으면 냉동하세요

답답한 마음에 쓴소리 한마디 할까 한다.

우리나라의 저출산은 국가적 위기다. 그런데도 정부의 저출산 정책은 확실한 성과를 내지 못한 채 10여 년을 허송세월했다.

30년째 결혼현장에 있으면서 유난히 내 마음에 큰 울림을 주는 말들은 결혼 시기가 지난 사람들의 회한이다. 자기 소신을 갖고 살아온 인생 자체가 정답이다. 결혼 또한 꼭 하겠다는 사람은 하면 되고, 하지 않겠다는 사람은 안 하면 된다. 하지만 안타까운 점은 본인의 자발적인 선택이 아니라 고비용 결혼문화, 청년 실업 등 사회 구조적인 문제로 결혼을 안 하거나 못 하는 사람들이 많다는 것이다. 20대부터 90대까지 많은 만남을 지켜본 결과, 사람들이 결혼하지 않은 이유는 다양하지만 공통적으로 아쉬워하는 것이 있다. 바로 자녀 문제다.

"결혼이 이렇게 늦어질 줄 알았으면 젊었을 때 아이를 낳을 걸 그랬다."

"결혼은 포기했는데 아이는 포기가 안 된다."

결혼은 어느 때든 할 수 있지만, 출산은 시기가 정해져 있다. 그 시기를 놓치면 억만금이 있어도 불가능하다. 그래서 내가 하고 싶은 말은 당장 결혼 생각이 없으면 훗날을 위해 난자나 정자를 냉동 보관해 놓으라는 것이다. 흘러간 시간을 돌이킬 수는 없어도 가임력을 보존할 수는 있기 때문이다. 인생에서 100% 확실한 것은 없다. "절대 결혼 안 해."라고 하던 사람들도 사회적 성취를 이룬 후, 혹은 좋은 상대를 만나면 마음이 바뀌곤 한다. 결혼비용 없어도 결혼할 수 있는 시대가 언젠가는 온다. 나중에 어떻게 될지 모르는 게 인생이고, 결혼이다. 결혼을 하건 동거를 하건 이성을 만나서 함께 하는 것은 중요하다. 나비가 향기 좋은 꽃에 가서 꿀을 채취하듯이 가장 빛이 날 때, 아름다울 때 배우자를 만나는 게 좋다고 생각한다. 그러나 그 시기에 결혼보다 더 중요한 문제가 있다면 순서는 바뀔 수 있다.

대신 건강하고 에너지가 충만한 시기의 생산 능력을 보존해 놓으면 나중에 결혼이나 출산 계획이 생겼을 때 후회하거나 아쉬워하지 않을 수 있다.

예쁜 여자를 좋아하는 게 아니었다

"아무래도 저한테는 적극적인 성격이 안 맞는 것 같아요. 너무 말이 없으니까 좀 답답하더라고요."

자신은 무엇이든 주저하는 성격이라면서 활달한 여성을 원하던 남성이 그런 여성을 만났다. 그랬더니 너무 적극적이어서 부담스럽다고 했다. 이후 얌전한 여성을 만나더니 좀 답답하다고 한다. 누가 지켜봤으면 "변덕이 죽 끓듯 한다."라고 할 상황이었다. 실제로 커플매니저들 사이에서도 까다롭다고 소문났었다. 하지만 그 남성은 아직 자신이 어떤 이성을 좋아하고, 어울리는지를 모르고 있다. 그런 과정을 겪는 것은 당연하다. 경험도 없이 자신에게 어울리는 이성상을 안다는 것은 난센스다.

문제는 많은 경험을 하고, 고민을 해도 자기가 좋아하는 이성의 아이덴티티를 끝까지 모르고 사는 사람들도 많다는 사실이다. 남녀 사이에 느끼는 감정은 깊고 오묘해서 가끔 신만이 알 수 있다는 생각이 든다. 결혼 현장에 30년 이상 있는 사람이 아마추어 같은 소리를 한다고 할 수도 있다. 하지만 연륜이 쌓일수록 탄식도 늘어난다. 그만큼 단정할 수 없고, 알다가도 모르는 것이 바로 인간의 감정이요, 남녀관계다.

얼마 전 40대 중반의 남성을 만났다. 젊은 날에는 늘씬하고 인상이 좋은 여성에게 매력을 느꼈다. 그런 여성들만 만났고, 실제로도 그런 여성과 결혼했다. 결혼 15년 만에 이혼한 그는 통통하고 외모도 평범한 여성을 만났다. 자기는 예쁜 여자를 좋아하는 줄 알았는데, 그녀를 처음 만난 순간부터 마음이 편하고, 이상하게도 얘기가 잘 통했다고 한다. 그러다가 잠자리까지 했는데, 원나잇이 아니라 그녀를 더 알고 싶은 마음에서였다는 것이다.

"그렇게 설레었던 적은 처음이었어요. 젊었을 때도 안 그랬는데……."

그가 진정으로 좋아한 여성은 그런 스타일이었던 것이다. 그는 결혼생활 내내 스스로 정력이 약하다고 생각했고, 성적인 면에서 자신이 없었는데 누군가에게서 성적 매력을 느낀 것은 처음이었다고 한다. 사람들은 대화상대, 가정생활, 성적인 면, 많은 과정에서 자기가 아는 만큼 보고 느낀다. 그래서 지금 알고 있는 이상형,

내가 좋아하는 스타일은 실제로는 아닐 수 있고, 반대로 내가 싫어하고 만나고 싶어 하지 않았던 스타일이 나와 실질적으로 맞을 수도 있다.

자기 스타일이 아닌 상대와 만나기 때문에 이혼이 많은 것 같다. 시행착오를 거치면서 자신의 상대를 찾아가지만, 오직 신만이 아는 인간의 그 심오하고 묘한 감정을 파악하는 데는 한계가 있다. 남녀관계는 이렇게 생각하면서 볼 필요가 있다.

75세 아버지와 딸

새해 둘째 날, 아침에 한참 샤워 중일 때 휴대폰이 울렸다. 오늘 아버님 한 분과 만날 예정인데, 약속 시간까지는 시간이 좀 남았다. 혹시 싶어 비누도 제대로 안 닦고 전화를 받았다. 그 아버님이었다.

“벌써 오셨어요?”

“차가 안 막혀서 생각보다 빨리 도착했어요.”

“금방 나가겠습니다!”

세밑부터 계속된 한파로 무척 추운 날씨였다. 추위에 떨고 있을 그분을 생각하니 마음이 급해졌다. 집에서 사무실까지는 300미터 남짓, 한달음에 달려갔다. 75세의 그분은 슬하에 1남1녀를 두었는데, 역이민을 온 케이스다. 직업이 약사인데, 미주로 이민을 갔다가 남매가 장성한 후 다시 한국으로 돌아왔다.

몇 달 전 아들의 혼사 때문에 사무실을 방문했다. 여성 입장에서 이런 시아버지, 시부모를 만나면 정말 좋겠다는 생각이 들 정도로 점잖고, 겸손하고, 자애로운 분들이다. 아들도 부모님의 품성을 닮아 인성이 좋다. 현재 캐나다에서 좋은 직장에 다니고, 결혼 준비도 되어 있다. 좋은 조건임에도 주변에 한국계가 많지 않고, 결혼을 돕거나 신경써 줄 부모님이 한국에 있다 보니 결혼이 늦어졌다. 아들의 만남 상대를 찾는 중인데, 오늘 방문한 목적은 딸의 중매였다.

"오빠가 나이 들어 결혼하겠다고 저렇게 애쓰는 걸 보면서 생각한 게 있는지 먼저 나서더라고요. 사람들 만나 보겠다고요."

"다행이네요. 여성분들은 많은 걸 이루고도 나이 때문에 만남이 잘 안 되는 경우가 많거든요."

"자식들 결혼만 잘하면 부모로서 할 일은 끝나는 건데."

아버지 입장에서 딸도 결혼에 관심을 가져 줘 무척 기쁜 모양이었다. 인생의 성취를 이룬 분들이 자식들 결혼이 늦어지거나 잘 안 돼 걱정하는 걸 많이 봤다. 평생 누구한테 고개 숙이거나 부탁 한번 안해 본 분들이 뒤늦게 자식 결혼문제로 사정을 하고, 하소연을 한다. 그분은 딸의 회비라며 봉투를 내밀었다. 아들 회비를 많이 받아서 딸은 그냥 소개를 하겠다고 했는데도 말이다. 게다가 비싸 보이는 포도주 한병도 함께 건넸다. 자꾸 거절하기가 어려워 받았다. 내가 대접할 거라고는 잘 탈 줄 모르는 커피 한 잔이 전부였다. 75세 아버지는 경기도 외곽에서 평창동까지 먼 거리를 달려왔다. 나도 두 딸의 아버지라서 그런 부모의 마음을 잘 안다. 내가 감당할 수 있는 거라면 뭐든 할 텐데. 자식들 일이다 보니 부모가 할 수 있는 게 별로 없다. 아버지는 자식들 결혼이 늦어진 게 부모 탓인 것 같아 미안하고 안쓰럽다고 했다. 부모가 한국으로 돌아오는 과정에서 일이 많았고, 시간이 걸리는 바람에 자식들 결혼이 늦어졌다는 것이다. 나이가 30대 후반이고, 자기 분야에서 인정받으며 활동하는 전문인인데도 부모는 자식 걱정뿐이다. 아버지는 건강하고 젊어 보였지만, 75세 정도면 이제 여생을 오롯이 자신을 위해 보내야 할 나이다. 그런데도 아들딸이 결혼 전이라 아버지의 어깨는 아직도 무겁다.

이것이 한국 부모님의 운명인 것 같다.

자식이 대학만 가면 걱정 없을 것 같다가 취업 때문에 또 걱정하고, 제때 출근하는 거 보면 두 다리 뻗고 자겠다 싶다가 결혼 때문에 또 걱정한다. 그리고도 부모의 걱정은 끝나지 않는다. 그동안 많은 부모님들을 만났지만, 유난히 추운 날씨 때문인지, 나도 나이가 들었는지, 이 아버지와의 만남이 자꾸 마음을 움직인다. 많은 감정이 교차된 새해 첫 만남이었다.

그분이 준 와인을 아내에게 주니 “이거 비싼 와인인데?”하면서 놀란다. 알고 보니 수십만 원짜리란다. 덕분에 아내에게 점수 좀 땄다. 문득 머지않아 우리 부부에게도 닥칠 딸들의 결혼문제를 생각해본다.

처음 만난 열 명 중에 있다,
내가 찾는 사람

오랜 세월 중매를 하면서 얻은 교훈이 있다. 맞선 내지 소개팅으로 만난 최초의 10명 안에 당신의 상대가 있다는 것이다. 이후에 100명을 만나건, 1,000명을 만나건 간에 최종적으로 결혼하는 상대는 최초의 열 명 중 1명과 비슷했다는 것을 알게 될 것이다.

최근 인상적인 소개가 있었다.

학벌 좋고 직업 좋은 40대 후반 남성이 있다. 조건이 좋고, 본인도 결혼 의지가 강해서 소개를 받기 시작한 20대 후반부터 20년 동안 정말 많은 만남이 있었다고 한다. 그런데 내게 만남을 의뢰하면서 그 남성이 하는 말이 "내 얼굴을 공개하지 않으면 좋겠다."라는 것이었다. 그래서 나는 "상호주의 원칙에 따라 여성의 얼굴도 볼 수 없다"라고 했다. 서로 얼굴을 공개하지 않고 나이, 직업, 가정환경 등을 다 고려해 서로에게 어울리는 상대를 찾아내는 과정이 진행됐다. 이름도 김○○, 이○○으로 소개하고 만남이 확정되면 비로소 본명이 공개된다. 그렇게 만남이 이뤄졌는데, 희한한 일이 벌어졌다. 남성이 만난 여성이 20여 년 전 소개팅했던 여성이라는 것이다.

"그때도 마음에 없었던 건 아니었어요."

"그런데 왜 인연이 안 됐을까요?"

"결혼이 급한 것도 아니었고, 만남 기회가 많다 보니 마음에 크게 담아두지 않았던 거죠. 다시 만나고 보니 돌아온 시간이 아깝네요."

두 사람은 많은 세월이 지나는 동안 잊어버리고 있었지만, 돌고 돌아서 다시 만났다. 여전히 서로 잘 어울리는 조건을 가졌기 때문이다. 만남 기회가 많을수록 좋은 사람을 만날 수 있다는 기대를 하곤 한다. 그래서 괜찮은 상대를 만나도 또 다른 만남을 갖기도 한다. 하지만 자신의 조건이나 환경이 급변하지 않는 이상 만남 상대의 범위는 크게 변하지 않는다. 생각에 따라서는 인생의 짝을 찾는 일이 험난한 여정이 될 수도 있다. 하지만 그 길을 떠나기 전에 자신이 만났던 처음 열 명의 이성을 떠올려 보라고 말해주고 싶다. 그 열 명 중에 당신의 짝이 있을지도.

바람피운 애인, 위자료는?

27세 여성 A와 30세 남성 B가 만나 결혼을 전제로 4년 연애를 했다. 그러는 동안 두 사람은 31, 34세가 됐다.

A는 긴 연애를 끝내야 할 때라고 생각해 B에게 결혼 얘기를 내비쳤는데, 어째 B의 반응이 애매했다. 아직 결혼할 때가 아니라고 했다. 4년이나 연애를 했는데도 아직이라니? 이상한 생각이 든 A는 B를 추궁했고, 애인이 바람을 피웠다는 사실을 알게 됐다. 큰 충격을 받은 A는 결별을 요구했는데, B는 기다렸다는 듯이 그녀와 헤어진 후 몇 달 만에 바람을 피운 상대와 결혼해서 지금 잘 살고 있다. A는 20대 후반부터 30대 초반까지, 어떻게 보면 가장 아름다운 시기를 한 남자만 바라보고 있다가 배신당했다. A의 잃어버린 4년, 그리고 정신적 피해는 어떻게 보상받을까.

또 다른 커플인 여성 C와 남성 D는 3년 교제하다가 동거한 지 1년이 됐는데, 최근 C가 결혼할 남자가 생겼다면서 헤어지자고 했다. D는 C와 동거하는 동안 집세, 생활비 등을 거의 다 부담해 그 비용만 2,000만~3,000만 원이 된다. 결혼한 건 아니었지만, 암묵적으로 언젠가는 결혼할 걸로 생각한 D와는 달리 C는 가벼운 연애였다고 했다. D는 그 사실이 너무 억울하고 화가 났다. 두 사람의 관계를 증명하기는 힘들지만, 그동안 쓴 돈의 일부라도 돌려받을 방법을 찾고 있다.

'결혼적령기'라는 말은 이제 거의 쓰지 않는다. 그래도 인생에서 이성을 만날 수 있는 가장 좋은 시절이 있다. 그런 시기에 오롯이 한 사람에게 헌신했다면 상대는 그에 대한 책임이 분명히 있다. 결혼생활만 서로 신의를 지키는 게 아니다. 연애에도 지켜야 할 도리가 있다. 더구나 단순한 연애가 아니라 결혼을 전제로 한 교제라면 칼로 무 자르듯 순식간에 헤어지기는 힘들다. 책임지거나 보상해야 할 부분에 대한 정리가 필요하기 때문이다. 부부가 이혼할 때는 이혼의 책임이 있는 쪽에 위자료를 청구한다. 사실혼도 법률혼과 마찬가지로 책임을 따진다. 연애도 두 사람이 합의한 이별이 아니라 일방적으로 통보받거나 배신을 당해 그 피해가 크다면 책임을 묻는 게 당연하다. 이런 인식이 확산되고, 제도적으로도 뒷받침되는 것은 개개인의 피해를 막는 것은 물론 사회의 건강성을 위해서도 필요한 부분이다.

500번 미팅남, 1,000번 미팅녀…, 20년 후

남녀의 만남은 인생 전반에 걸쳐서 봐야 한다. 20대에 보는 게 다르고 30대, 40대에 보는 게 다르다. 젊을 때는 이성을 만날 기회가 많은 사람이 부러움의 대상이다. 어디를 가도 돋보이고, 남의 관심을 끄는 사람들이 있다. 그런데 신의 오묘한 조화인지 시간이 지날수록 장점이 단점이 되고, 만남이 안 되던 사람들이 좋은 만남을 갖기도 한다.

그를 처음 만난 20년 전, 당시에는 30대 초반의 킹카였다. 이후 그는 10년 동안 500번 이상 맞선을 봤다. 그러다가 어느 날 소식이 끊겨 결혼을 했다고 생각했는데, 10년 만에 다시 연락이 왔다. 재혼 상담인가 했는데 놀랍게도 초혼이었다.

"30대 때만 해도 잘나간다고 생각했고, 뭐 소개 기회가 많다 보니 전념을 안 했던 것 같아요."

"기억해 보니 자신만만하고 당당한 분이었어요."

"그게 문제였죠. 스펙도 괜찮고, 외모도 봐줄 만하고. 나 정도면 언제든 마음만 먹으면 결혼할 수 있을 거라 생각했는데. 결과적으로 친구들은 다 결혼하고 저만 혼자 남았더라고요."

"아시겠지만, 옛날 생각하면 안 됩니다. 지금 상황은 소개받기가 매우 힘들거든요."

500번 이상 만남을 가진 남녀 30여 명의 20년 후를 분석해 봤다. 경제적으로 여유도 있고, 인상도 좋고, 이성을 만날 기회가 많다는 것은 큰 특혜다. 그런데 세월이 지나서 보니 그중 절반 이상은 결혼을 못했다. 일부는 지금도 만날 기회를 찾고 있고, 일부는 체념한 상태였다.

결혼 안 한 사람들의 모습은 어떨까? 기와 열정을 소진해 버리고, 옛날의 모습은 거의 없었다. 그때 워낙 돋보였기 때문에 지금의 달라진 모습이 더 비교가 됐다.

결혼한 사람들은 어떨까? 늦게 결혼했기 때문에 자녀들이 어리고, 경제적으로 아직은 안정되지 않은 편이다. 그리고 본인이 원하던 이상형과 결혼한 사람은 거의 없었다.

이성을 만날 기회가 많다는 것은 젊은 날의 특권이자 특별함일지 모르지만, 그 결과까지 특별하지는 않다. 그렇게 선을 많이 보고, 결혼한 사람들의 결과를 보면 많이 만나지 않고 결혼한 사람들보다 더 행복하지는 않다. 만남의 기회가 적더라도 최선을 다해 집중하는 게 중요하다는 것을 500번, 1,000번 미팅한 사람들의 뒷모습이 잘 보여 준다.

40 · 50대 습관성미팅증후군 총각

회원으로 만나 안부를 주고받으며 지내는 사람들이 몇 있는데, 그중에는 결혼을 한 사람도 있지만, 많은 경우는 싱글로 지낸다. 나한테 가끔 전화를 하는 이유도 소개가 될지를 타진하기 위해서다.

얼마 전에도 50대 싱글남성과 통화를 했다.

"소개해 주실 만한 사람이 없을까요?"

"아직은요."

말은 그렇게 했지만, 솔직하게는 "더 이상 기회가 없다."라고 말해 주고 싶었다. 그는 이성상이 까다로운 남성인데, 몇 년 전 그가 원하는 조건 다섯 개 중 네 개를 겸비한 여성을 소개한 적이 있다. 정말 괜찮은 여성이었고, 이 남성에게 호감도 있었기에 만남이 잘될 줄 알았다. 그런데 그는 여성의 외모가 평범하다는 이유로 거절하고 말았다. 그 후로는 그렇게 좋은 여성을 만나지 못했고, 그는 많이 후회하는 눈치였다. 그러나 어쩌랴, 그런 기회는 두 번 다시 오기 힘들다.

40대 중반의 남성도 오랜만에 문자 안부를 전했다. 자신의 근황을 전하면서 마지막 한 줄에 "좋은 사람 있으면 소개 부탁한다"라는 말을 남겼다. 하지만 이번에도 나는 "번창하시라."라는 평범한 안부를 전했을 뿐이다. 이 남성은 본인이 사업 수완이 있어서 뒷받침을 해 주면 잘될 수 있으리라는 확신을 갖고 재력 있는 집안의 사위가 되기를 원했다. 운이 좋게도 그런 기회가 있었는데, 여성에게서 느낌이 안 온다는 이유로 거절했다.

우리 시대 노총각은 두 가지 부류다.

첫 번째는 만남의 기회가 많아서 그것을 즐기거나 계속 그런 기회가 이어질 것이라는 자만심으로 만남에 최선을 다하지 않는 경우이고, 나머지는 노력을 해도 만남이 안 되는 경우이다.

두 번째 경우는 일종의 습관성미팅증후군 증상이다.

주변에서 호감도 많이 받고, 인기도 많다 보니 이성에 대해 자신만만하다. 그래서 만남의 주도권이 자신에게 있다고 생각하고, 웬만큼 마음에 들지 않으면 재고의 여지가 없이 정리한다. 다음에 기회가 많다고 생각하기 때문이다. 공교롭게도 이들이 한창 만남을 가질 때는 골드미스들이 많았기 때문에 실제로 만남 기회가 많았다. 하지만 이들이 간과한 것이 있다. 그 많던 골드미스들도 일정한 시기가 지나면 굳이 애써서 결혼하려 하지 않고, 혼자 사는 것을 선택하는 이들이 많다는 것이다. 그런 현실을 자각했으면 눈을 좀 낮춰야 하는데, 그러지 못하고 뒤늦게 후회하는 남성들이 많다. 그러다가 예전에 소개받은 경우보다 훨씬 못한 상대도 만날 수 있을까 말까이다.

만남에도 **골든타임**이 있다. 만남의 기회가 많은, 말 그대로 황금기일 수도 있지만, 이 시기를 놓치면 기회가 없다는 뜻이다. 그 골든타임에 직면해 있는 남성들이 많다.

결혼 원하는 60대 여성

1991년 처음 결혼정보사업을 시작했을 때 나는 20대 중반이었다. 초창기에는 고객들 대부분이 30대로 결혼이 급한 사람들이었다. 지금은 30대 결혼이 일반적이지만, 당시에는 여성은 20대 후반, 남성은 30대 초반만 지나도 노처녀, 노총각 소리를 듣곤 했다. 나 자신도 미혼이면서 5~6세 많은 노처녀, 노총각 고객들을 중매한다고 땀 꽤나 흘렸던 시절이었다. 그때 만났던 분들을 30년 가까이 지나서 다시 만나 결혼상담을 하는 경우도 종종 있다.

당시 30대 초반이었던 그 여성도 그렇게 세월이 흘러 60대가 돼 다시 내게 연락을 해왔다. 미국으로 이민을 가서 작은 사업을 하고 있는데, 여전히 싱글이라고 했다.

바쁘게 살 때는 외로움을 느껴도 돌아보지 않았는데, 사업도 안정되고 여유가 생기면서 '이렇게 살면 더 늙어 미련이 남을 것 같았다.'라고 했다.

"제가 한 달 후에 한국 방문을 하는데요. 그때 몇 분을 만날 수 있을까요?"

"솔직히 말씀드리면, 쉽지 않습니다."

"제가 결혼 상대로 그렇게 매력이 없나요?"

"선생님 연령에 맞는 남성들은 나이 차가 많이 나는 걸 원하니까요. 게다가 한 달 안에 만남은 어렵고요."

그분은 나름 기대를 갖고 있었을텐데, 나의 냉정한 답변에 크게 당황한 눈치였고, 실망감도 느껴졌다.

"기대에 못 맞춰 드려서 죄송합니다. 하지만 현실이 그러니까요."

"실망은 했지만, 진정성 있게 상담해 줘서 고맙습니다."

"선생님, 이런 소개받지 마시고, 주변에서 자연스럽게 만나 보세요."

"그게 어려우니까 그렇죠."

"선생님 연령대는 결혼정보회사도 어렵습니다."

60대가 사랑하고 결혼하지 말라는 법은 없다. 수명이 길어지면서 60대는 새로운 일을 시작하거나 새로운 사람을 만나기에 충분한 나이다. 다만 60대 여성의 경우는 만남 방식을 달리해야 한다는 것이다.

지인 중에 가내 수공업, 분식집 등 힘든 일을 하며 살아온 60대 여성이 있다. 오래전 남편이 집을 나가 행방불명이 된 후 혼자 자식 셋 키우느라 안 해 본 일이 없다. 고된 삶에서 남자 생각 같은 건 사치였다. 그분이 재혼을 할 수 있을 거라고는 생각도 못했다. 그런데 한 살 연하의 총각과 재혼을 해서 정말 행복하게 잘 산다. 그분이 하는 분식집에 단골로 오던 택시 기사가 지금의 남편이다. 그러니까 두 사람이 만난 건 누구 소개가 아니라 오랜 시간 이어져 온 인연의 결과다.

여성의 경우 40대가 넘어가면 만남 기회가 점점 줄어든다. 여성 본인은 연령차가 적은 만남을 원하지만, 남성들은 나이 차 많이 나는 만남을 선호하기 때문에 괴리가 크다. 일단 만나면 호감을 느낄 수도 있을 텐데, 만남 자체가 이뤄지기 힘들다. 또 결혼정보회사는 양쪽의 기대치가 높아서 여성이 아무리 원한다고 해도 상대 남성도 원하는 조건이 있기 때문에 서로의 이성상을 맞추다 보면 만남은 드물게 이뤄진다. 그래서 원하는 남성을 찾을 때까지 마냥 기다리고 있으니 생활 속에서 만남 기회를 갖는 것을 병행하라고 권한다. 등산이나 취미활동을 하는 모임에서 자연스럽게 어울리면서 가까워지는 쪽이 오히려 가능성이 있다.

그런 기회를 찾는 것도 쉬운 일은 아니다. 하지만 요즘은 문화

센터, 복지관, 수련관 등등 뭔가를 배우고 즐기는 곳이 적지 않기 때문에 자신과 맞는 모임이 있을 것이다. 한편으로 생각하면 90년대만 해도 60대 여성의 결혼에 대해서는 아예 논의조차 없었는데, 지금은 결혼정보회사에서도 상담이 이뤄지고 있으니 격세지감을 느낀다.

48년생 싱글남에게 답함

특별한 상담이 있었다. 지금은 특별하지만, 20년 후에는 다수가 될 수도 있는 상황의 단초라는 의미가 있어 소개한다.

그는 1948년생 싱글이다. 결혼을 한번도 하지 않은 오리지널 싱글이다. 몇 개월 전 내 칼럼을 보았다면서 e-메일을 보내 왔다. 전문직에 종사하다가 은퇴했고, 지금은 50평 아파트에 혼자 살고 있다고 했다.

"없는 집안에서 태어나 근검절약하면서 열심히 일했습니다. 재산은 현금 15억 원을 합쳐 30억 원 정도이니 나름대로 자수성가 했다고 할 수 있고요. 미국 유학 생활, 전문직이 되느라 결혼할 때를 놓쳤고, 그 후로도 이성을 만날 기회가 거의 없었습니다. 이제라도 배우자를 만나 여생을 함께하고 싶습니다."

그 며칠 후 광화문에서 그를 만났다. 나이보다 10년은 젊어 보이고, 지성적인 이미지의 신사였다. 그는 자신의 경력을 증명해 줄 자료들을 테이블 위에 쭉 펼쳐놓았다. 우리나라 대통령, 외국 대통령, 명사들과 찍은 사진들, 박사학위 증명서 등 상당한 것들이었다.

간단한 기본 인터뷰가 진행됐다.

"한달 수입은 얼마나 되나요?"

"연금 합쳐서 500만~600만 원이요."

"생활비는요?"

"한달에 200만~300만 원 정도."

"특별히 원하는 이성상이 있나요?"

이 대목에서 그는 헛기침을 하더니 말을 꺼냈다.

"이 만남은 전제가 있습니다. 2세를 출산하고 싶어요. 그러려면 30대 중반 정도로 생각하고 있어요."

순간 아찔해졌다.

"그럼 선생님보다 30년 이상은 차이가 나는데요?"

"출산을 해야 하니까요."

게다가 이어지는 말에 말문이 막혔다.

"내가 결혼을 안 했으니까 상대도 결혼을 안 한 사람이었으면

해요."

정신을 차리고 생각을 정리했다.

"선생님, 세 가지 경우를 얘기하겠습니다. 15세 연하, 비슷한 학벌, 대화가 통하는 여성과 결혼할 확률은 80%, 20세 연하, 아무것도 바라지 않고, 초혼 재혼 따지지 않는다면 결혼 확률 15~20%, 30세 이상 차이가 나면 결혼 확률은 거의 제로에 가깝습니다."

그러면서 사람은 누구나 짝이 있다, 그 확률이 얼마나 되느냐의 차이인데, 이번 경우는 0.1%의 확률이라고 덧붙였다.

"나는 0.1% 확률에 도전해 보고 싶어요. 어렵겠지만, 노력해 주세요."

그의 의지는 확고했다. 언젠가 30세 차이의 커플을 맺어 준 적이 있다. 이번에는 그보다 더 어려운 일이다. 개인적으로는 그의 마음을 이해할 수 있다. 결혼만큼 이기적인 게 없다. 내 입장만 생각할 뿐 내가 상대에게 어떻게 보일지는 생각하지 않는다. 이분 역시도 본인 입장이 먼저인 것이다.

"여성에게 무엇을 해 줄 수 있나요?"

"내 재산이 결국 그분 재산이 되지 않겠어요? 물론 풍족한 생활도 보장하고요."

"그럼 저한테는 인센티브가 뭔가요?"

"성사되면 1억 원 드리겠습니다. 시작할 때 3,000만 원, 나머지는 성사 후에."

내 결심이 관건이었다. 0.1%의 확률이라면 거의 불가능한 것이다. 하지만 직업상 도전 의식이 생겼다. 주선해 보겠다고 답을 보내자 약속한 대로 계약금 3,000만 원이 입금됐다.

문제는 그다음이었다. 그분에게서 문자가 왔다.

"저와 동향 사람이면 좋겠네요."

0.1%의 확률이 더 낮아지는 순간이었다.

"고려해 보겠습니다."

또 다른 문자가 왔다.

"학벌은 대졸 이상이어야 합니다."

아, 여기서 멈춰야했다.

"죄송하지만 이 의뢰는 받아들일 수가 없습니다. 만남이 불가능합니다. 3,000만 원은 돌려드리겠습니다."

그분의 의뢰는 그렇게 마무리했다. 이런 일련의 과정을 욕심 때문이라고 만은 말할 수 없다. 열심히 살아온 자신의 삶에 자부심이 있었고, 그래서 좋은 상대를 만나고 싶어 하는 건 당연하다. 하지만 남녀의 만남은 이런 자신의 생각과 욕심을 서로 타협하고 절충하면서 가능해진다.

싱글이 늘고 있다. 이유가 무엇이건 개인의 삶으로 넘겨 버리기에 사회현상이 되고 있다. 나중에는 더욱 일반화될 것이 분명하다. 지금 당장이 아니라 20년, 30년 앞을 **내다보는 관점**에서 싱글에 대해 생각해볼 필요가 있다. 외로운 노년도 그중 하나다.

독신의 덫

65세 최 대표는 벤츠를 타고 다닌다. 400만 원 이상 연금도 나오고, 저축해 둔 현금도 상당하다. 그에게는 성공한 사람 특유의 여유와 품위가 있다. 평생을 독신으로 살았지만 부족함 없이 지금껏 싱글라이프를 즐겼다. 그러던 사람이 갑자기 외로워졌다. 혼자 밥 먹기 싫어졌고, 불 꺼진 집에 들어가기도 싫어졌다. 그래서 1년 전에 회원 가입해 여성을 여러명 소개받았다. 띠동갑 어린 여성도 만났고, 일곱 살 어린 의사분도 만났고, 마찬가지로 평생을 독신으로 살아온 사업하는 여성도 만났다. 만남 후 상대 평가도 좋았다. 매너와 분위기도 좋고, 서류상 총각이니 복잡한 문제 같은 것도 없어 여성들에게서 환영받는 편이었다. 만난 여성들 일부는 남성의 집에서 밤을 같이 보내는 '찐한' 데이트도 했다.

주로 여성들이 먼저 호감을 보였고, 남성도 이에 동조했다. 이런 만남이 이어지면 결혼 얘기도 나올 만한데 그렇지 않았다.

왜 그럴까? 혹시 성적인 능력에서 문제가 있나? 보기와는 다르게 괴팍한가? 아님 여성들이 등 돌릴만한 뭐가 있는 건가?

우연히 그와 술 한잔 하면서 얘기를 나누다가 감을 잡았다.

한 여성과 데이트하고, 좋은 감정이 있어 집에도 초대했다. 관계도 가졌다. 그다음이 중요한데, 뜨거운 시간을 보낸 후 일어나 다른 방에서 자게 되더라는 것이다. "왜?"라고 묻는 내게 그는 당연한 듯이 얘기했다.

"누구랑 같이 자는 게 너무 이상해서요. 수십 년 습관이란 게 무서워요."

"말씀은 이해가 되지만, 여성분 입장에서는 갑자기 온도 차가 느껴졌을 것 같네요. 방금 전까지는 뜨겁던 남자가 갑자기 일어나 다른 방으로 가 버리면……."

"그렇겠죠. 아침에 얼굴을 보니 분위기가 싸하더라고요. 이런 문제는 생각지도 못했어요."

싱글로 오래 살아온 사람이라면 충분히 공감하는 부분이다. 혼자 사는 데 익숙해지면 옆에 누가 있으면 어색해진다. 젊을 때 결혼을 하면 각자의 습관을 바꾸는 데 시간이 덜 걸리는데, 나이가 들수록 자기의 틀을 깨기가 힘들어진다. 외로움을 당연하게 받아들이고, 혼자인 것에 익숙해지는 게 바로 '독신의 덫'이다. 이 남성처럼 어느새 독신생활에 익숙해져서 결국 누구와 함께하기에는 몸이 말을 듣지 않게 된다. 그러다 보니 이성관계의 경우 없을 때는 그립고, 옆에 있으면 부담스러운 것이다.

50대 후반에 오랜 독신을 끝내고 70대 남성과 결혼한 한 여성이 있었다.

"혼자 살다가 둘이 사니까 어떠세요?"

"처음엔 자다가 깨서 옆에 누가 누워 있는 걸 보고 깜짝 놀라기도 했어요. 근데 차츰 드는 생각이 내가 혼자 살면서 외로움에 너무 길들여졌었더라고요."

독신으로 살 때는 외로움을 홀가분함이라고 생각했다고 한다. 자유롭고, 내 중심으로 생활이 돌아가는 것이 편했다. 그러다가 어쩌다 인연이 돼 결혼을 했는데, 그러고 나서 자신이 너무 외롭게 살았다는 것을 깨달았다는 것이다. 그녀는 상차림을 예로 들면서 둘이 사는 것은 숟가락 하나 더 놓는 것처럼 간단한 게 아니라 서로의 식성, 식사 시간, 밥 먹는 습관도 고려해야 하기에 번거롭다고 했다. 하지만 혼자 사는 외로움보다는 둘이 사는 번거로움이 더 좋다고 했다.

몇 달 전에는 그 강인하던 남성이 전화를 했다.

"내가 결혼할 수 있을까요?"

"목소리가 안 좋은데, 어디 아프신가요?"

"몸살을 심하게 앓았어요. 예전에는 좀 아프다가 툴툴 털고 일어났는데, 이젠 안 되네요."

그의 목소리가 조금 풀죽은, 아니 울먹이는 것처럼 들리기도 했다.

"수십 년 혼자 살면서 연애를 하다가도 무슨 관성의 법칙처럼 혼자의 삶으로 돌아오곤 했어요. 이제 한계가 온 것 같아요. 노력해 보겠습니다. 좋은 사람 만나고 싶어요."

혼자 사는 게 멋있어 보인다던, 그래서 천생 독신주의자로 불리던 그가 이제 그 독신의 덫을 벗어나려고 한다. 그 오랜 습관, 관성을 어떻게 극복할지, 그의 새로운 사랑을 응원한다.

화려한 싱글에서
180도 바뀐 그녀

인생을 살면서 그 단계, 그 연령대에서 꼭 해야 될 일을 하지 않으면 나중에 후회하거나 그로 인해 힘들어지는 경우가 있다. 결혼에 대해 사람들한테 자주 하는 얘긴데, 그 얘기를 좀 더 설득력 있게 했더라면, 하고 후회하는 일이 생겼다. 내가 사는 동네에 자주 가는 단골 카페가 있다. 조용한 분위기라 생각할 게 있거나 복잡한 마음을 달래고 싶을 때 안성맞춤인 장소다. 게다가 인상도 좋고, 자상하게 손님들을 챙기는 카페 사장과는 특별한 인연이 있다.

나랑 동년배인 그녀와는 사실 15~6년 전 회원으로 처음 만났다. 당시 30대 후반에서 40대 초반이던 그녀는 여러번 맞선을 봤지만,

결국 본인 이상형을 만나지는 못했다. 내가 보기에 괜찮은 남성들이 있었고, 그녀가 마음을 열면 좋은 만남도 가능했었는데, 그녀는 이상이 높았던지 "허접한 상대를 만날 바에야 차라리 혼자 살면서 천천히 사람들을 만나 보겠다."라고 했다. 그렇게 헤어졌다가 우연찮게 동네 카페에 들렀다가 그녀를 다시 만났던 것이다.

"하고 싶은 거 하면서 살았죠. 제 선택으로 결혼을 안 한 거고, 그래서 후회는 없어요."

타고난 건지, 자기 관리를 잘한 건지 그녀는 얼굴에 주름살이 조금 늘었을 뿐 예전의 미모를 간직하고 있었고, 사업 수완이 좋아서 카페도 단골이 많았고, 집도 있고, 차도 있고, 사는 데는 걱정이 없었다.

"외롭지 않아요?"

"하는 일이 있어선지 아직은 살 만해요. 호호 할머니가 되면 외롭겠죠?"

"혼자 늙어간다는 거, 생각보다 힘들어요. 한 살이라도 젊을 때 미래를 고민해 보라고 말해 주고 싶어요."

걱정해 줘서 고맙다며 그녀는 방금 내린 커피 한잔을 줬다. 진지한 대화가 오갔던 그날 밤, 비가 와서 어떡해야 할지 잠시 망설이던 내게 그녀는 고급 우산을 하나 건넸다. 그리고는 몇 개월 해외 출장을 다녀오느라 카페에 가지 못했다.

3개월 만에 카페에 갔더니 그녀가 안 보였다. 조카라는 사람이 대신 카페를 보고 있었다. 어디 갔냐고 물으니 여행을 갔단다. 그리고 2주쯤 후에 다시 갔는데, 그때도 그녀가 없었다. 또 물어보니 몸이 아파서 쉰다는 것이다. 뭔가 짚이는 게 있어서 다시 물어보니 뇌출혈로 쓰러져서 식물인간 상태라는 것이다.

가슴이 철렁했다. 상태를 물어봤다.

"의사 말로는 좋아질 것 같기도 하니 말조심하라고, 다 알아듣는다고 해요."

"정상 회복은 힘들 수도 있는데, 집이며, 카페는요?"

"카페는 곧 정리해야죠. 여기 요양병원 비용이 많이 들어서 상태가 좀 나아지면 지방의 작은 병원으로 모셔 갈 생각이에요. "

그렇게 당차고 꼿꼿했던 사람이 이제는 주변의 도움이 없으면 생존 자체가 불가능한 상태가 되어 버렸다. 열심히 일궈 놓은 카페, 집, 그녀의 삶 자체가 무의미해져 버렸다. 회복을 간절히 빌어보지만, 쓰러진 후 두 달 이상 지났는데도 상태가 겨우 숨을 쉬는 정도인데, 앞으로 어떨지는 예측 가능하다.

15년 전 내가 좀 더 강하게 그녀를 설득했더라면, 그래서 그녀가 결혼을 했더라면 그녀는 어떻게 됐을까? 그런 가정이 지금 무슨 의미가 있을까 하면서도 이런저런 생각을 떨칠 수가 없었다. 옆에 가족이 있었으면 위급한 순간에 빨리 대처를 할 수 있지 않았을지, 혼자 살다 보니 어느 날 갑자기 닥친 불행의 순간을 막을 수 없었던 것은 아닌지. 너무나 안타까운 마음에 눈물이 났다. 한 아름다운 인생이 스러져가는 모습을 지켜보는 일은 고통스럽다. 인생의 화려한 한때는 있지만, **화려한 싱글이란 없다.**

며칠 전 비가 왔다. 쓰고 나갈 우산을 찾다가 그녀가 빌려준 우산이 눈에 띄었다. 이제 돌려줄 수도 없는, 주인 잃은 그 우산을 펼쳤다. 나라도 그녀를 기억해 주고 싶은 마음에서.

끝마치며…

데이터가 괜히 데이터가 아니다. 그동안 부부로 맺어 준 커플이 3만 명이다. 바로 이 데이터가 '누구는 결혼하고, 누구는 못하고'의 차이를 알려 준다. 결혼에 성공한 커플들을 분석, '결혼 5계명'을 도출했다.

1. '450만 원×나이 차'의 법칙을 기억하라

나이 어린 여성을 만나는 것이 많은 남성들의 희망사항이다. 그러나 희망사항이 희망고문이 되지 않으려면 먼저 자신의 연봉을 체크해 봐야 한다. 즉, 상대보다 연봉이 '450만 원×원하는 나이 차'만큼 많아야 한다. 7세 차이를 원한다면, 그녀보다 3,150만 원(450만 원×7) 이상 더 벌어야 한다는 것이다.

2. 스무 살 추녀보다 마흔 살 미녀가 낫다

남성들이 아무리 나이 어린 여성을 선호한다고 해도, 나이 어린 못생긴 여자와 나이 많은 예쁜 여자 중에 단연 나이 많은 예쁜 여자를 선호하는 것으로 나타났다. 역시 남성들은 나이보다는 외모를 더 본다는 게 사실이었다.

3. 중요한 몇 가지 조건이 괜찮다면 긍정적으로 고려하라

욕심부리는 것은 자유다. 하지만 그 욕심이 자신의 결혼에 걸림돌이 될 수도 있다. 열 개 조건을 다 따지지 말고, 중요한 몇 가지 조건이 괜찮다면 결혼상대로서 긍정적으로 생각해 보는 게 좋다.

4. 가정환경이냐 성격이냐, 그것이 문제

동일한 횟수로 미팅을 해도 누구는 결혼하고, 누구는 못한다. 그 차이는 선호 조건에 있다. 결혼 성공자들은 가정환경, 미성공자들은 성격을 더 중시하는 것으로 나타났다.

5. 조건의 역설을 기억하라

조건 좋은 사람이 결혼 잘한다? 적어도 결혼을 어렵게 하는 건 맞다. 통계를 보면 결혼 전 평균 미팅 횟수가 조건 좋은 사람 9.8회, 조건 안 좋은 사람은 4.3회다. 조건이 좋으면 미팅 기회도 많고 상대를 더 까다롭게 고르게 된다. 결국 좋은 조건이 결혼을 어렵게 하는 역설인 셈이다.

사랑과 결혼 사이

2022년 7월 1일 초판 1쇄 펴냄

펴낸곳 (주)꿈소담이 / 뜰Book
펴낸이 이준하
글 이웅진
일러스트 미니
책임미술 오민규

주소 (우)02880 서울특별시 성북구 성북로5길 12 소담빌딩 302호
전화 02-747-8970
팩스 02-747-3238
등록번호 제6-473호(2002. 9. 3.)
홈페이지 www.dreamsodam.co.kr
북카페 cafe.naver.com/sodambooks
전자우편 isodam@dreamsodam.co.kr

ISBN 979-11-91134-19-3 03810

- 책 가격은 뒤표지에 있습니다.
- 뜰Book은 꿈소담이의 성인 브랜드입니다.
- 잘못된 책은 구입하신 곳에서 교환해드립니다.